だいわ文庫

# ほんとうに70代は面白い

桐島洋子



大和書房

# はじめに　予想以上の解放感が広がって！

還暦だなんだと賑やかだった六十代に負けず劣らず七十代も祝祭の日々である。ラッキー・セブンというけれど、七十ならその十倍だ。しかも私はそれにもう一つ七が加わって七十七の喜寿を迎えたのである。

予想以上の解放感がじわじわと広がっていく。さあ、いよいよ押しも押されぬ老境で、もう煮ても焼いても自分の勝手と言える残り時間なのだ。

今更あくせくと富や名声を求めて頑張ることはない。したくない仕事をしたり、嫌いな人間と付き合ったりする必要もない。

子供三人、孫七人。皆まあまあ真っ当に育っている。未婚の母ということで随分非難された時期もあったが、少子化の今となっては、文句あっかと言ってもいいだろう。

私がちょうど五十歳を迎えたとき、子供三人も全部巣立ったので、子育て卒業記念旅行と銘打って親子四人二カ月がかりで世界を巡り歩いた。そして写真を息子のローランド、イラストを長女のかれん、文章を次女のノエル、編集を私という役割分担で『魔女のホウキに乗っかって』（ハイセンス出版）という旅行記を刊行した。これがなかなかの出来で、今見直しても充分面白い。

そしてかれんが五十歳の誕生日を迎えたとき、かつての卒業旅行に倣《なら》って子供たちや親きょうだい総勢九人引き連れての海外旅行を大盤振舞いしてくれた。その最後がインド洋に浮かぶ小さな島国モルジブで、純白の砂浜と紺碧の海というまさに南洋の極楽にたゆたいながら、こんなに仕合わせでいいのだろうかと空恐ろしくておろおろしてしまった。

私もこんな親孝行をされる年になったのかとちょっと複雑な気持ちがしたが、そういえばかつての「卒業旅行」に途中から参加したときの母がちょうど今の私と同じ年頃だった。まさに歴史は巡るのだ。

私は親孝行というほどのことが出来なかったのが多少心残りだが、両親の平穏な老後をスープがちょっと冷める程度の隣組で見守り、最後の旅立ちをちゃんと見送ることもできたのだから、まあよしとしていただこう。

離婚後も親友として仲良く付き合い続けた元夫が難病ALS（筋萎縮性側索《きんいしゅくせいそくさく》硬化症《こうかしょう》）に斃《たお》れたのを看取ったのは七十代になってから一番辛い体験だった。

葬式も墓も要らない。ただ灰にして、一緒に旅した世界中の懐かしい場所に撒《ま》き歩いてくれたら嬉しいという彼の遺言に従って、私がぼつぼつと散骨を始めている。

いまはまだバンクーバーと北京だけだが、もうじきパリと香港に行く予定があるし、春になったらモスクワとプラハとブダペストに行きたいと思っている。

もともと七十代は盛大に旅行しようと思っていたのだから、散骨行脚《あんぎゃ》とはいい口実ができたというものではないか。七十代はあと数年しかないから、八十代まで持ち越しそうだが、まあ山登りや急流下りではないのだから歩けるかぎりは続けられるだろう。いや車椅子だってその程度の旅はできる。
日本女性の平均寿命はとうに八十五歳を超えているし、私は平均よりずっと長生きしそうな気もするから、なんとか役目は果たせるだろうと楽観している。

私自身はいまのところ五体健全、賞罰無し、借金無し、人様に迷惑かけず生き終えるぐらいの備えはあるが、相続税の心配をするほどの財産はない。
後世に名を残すような業績は何もないが、残したいとも思わない。まあしばらくは家族や友人の心の中に残るだろう。それで充分だ。

桐島洋子

# ほんとうに70代は面白い——目次

## 第2章 エイジングとは成熟すること

第3章 本物の贅沢とは

## 第4章 自分の身体にありがとう



## 第5章 足るを知る

## 第6章 人生の残り時間に何を食べるか

# 第1章

# 聡明な女は老いを楽しむ

# 再び家住期へ舵をきる

五十歳で子育てを終えたとき「林住期《りんじゅうき》」の旗を掲げてエンジンを切り、気流に身を任せて緩やかに滑空《かっくう》するグライダーのような暮らしを始めてから二十年が過ぎた。

カナダのバンクーバーに海と山と森を望む「林住庵」を設けて豊かな自然と親しみ、気功や瞑想を通じてスピリチュアルな世界にも触れ、存分に宴や旅を繰り返しながらよりよい人間関係も編み広げてきた。

そしてめでたく古稀を迎えた私は、その祝いの席でこう宣言したのだ。

「林住期はもう充分に楽しみました。あんまり気持ちが良い時間ばかりで、あの世との境目もわからなくなりそうなので、七十代は再び家住期《かじゅうき》に軸足を戻してエンジンを再始動し、最後のご奉公と思って日本に向き直り、しっかり一働き致します」と。

しかし、はっきり言って今の日本を直視するのは辛いことである。私世代は一生懸命育てた子供がやっと立派な大人になったと安堵《あんど》したのも束の間、何か様子がおかしくなり、こんなはずではなかった、どこでどう間違ったのだろうと嘆き合う親のように、日本の有様を憮然として打ち眺めている。

だから寄ると触ると、ヘン、異様、不気味、怖い、見苦しい、軽い、はしたない、けたたましい、無礼、物知らず、幼稚、自己チュー、刹那《せつな》的などなど、ネガティヴな言葉が渦巻くのだが、批判や愚痴ばかり言っていても始まらない、われわれで少しは世直しができないだろうかと言い出す人も少なからずいる。不肖私もその一人なのだ。それで最後のご奉公という言葉も出てきたわけである。

そしてその拠点として自宅の広間で「森羅《しんら》塾」というささやかな私塾を開くことにした。テレビを中心にしたマスコミの軽薄な馬鹿騒ぎには愛想が尽きたので、これからはお互いの声と想いが届く範囲のミニコミで、本当に伝えたいことを伝えていきたいのである。

何しろ学校というものがどうしても性に合わず、大学にも行かずじまいの私が塾長なのだから、小難しい学問をしたり、技術を習得して資格をとったりするための学校であろうはずがない。

また新しい情報はインターネットに氾濫しているからそちらにお任せし、森羅塾では長年の蓄積と伝承を見直して、父祖の知恵、暮らしの作法、しきたり、仕種《しぐさ》、技などを活性化することを目指したい。

エジソンが最初に発明した蠟管《ろうかん》蓄音機で、電気を通さない音の魅力に触れたり、数百年凜として生き抜いてきた骨董《こっとう》の器でお茶を一服したりするのも森羅塾の講座の一環なのだ。

「魔都上海の危うくも華麗な幼年期」から始めて各時代の個人史を語りながら、それに日本史と世界史もかぶせ、さらには聞き手の個人史も引き寄せていく「桐島洋子の千夜一夜物語」シリーズでは、毎回その時代の思い出の料理を再現して味わって頂こうと思う。

私一人の蓄積など知れたものだから、いろいろな分野の先生の応援も得て、ポジティヴ・エイジング、美しい日本語、自然と健康、親子関係などをはじめ、何かしら「世直し」に繋がるような講座を開くつもりだが、まずはお披露目パーティーを兼ねた説明会を数回催すことにした。多くの方が、ともかく覗きにきて下さるだけでも嬉しい。

講座以外にも月に一度くらいはパーティーをして、志ある人々が集まる現代の梁山泊《りょうざんぱく》にしたいのである。

# 温かく濃密な人間模様を編み上げる

森羅塾の家探しには苦労した。大勢の人が集まるのだから、少なくとも二十畳以上のリビング・ルームが要るし、料理教室もできるくらいゆったりしたダイニング・キッチンと、複数のトイレがほしい。

これくらい欧米では当たり前の条件だが、東京では超高級マンションに属し、べら棒な家賃のハードルもさることながら、「不特定多数の人間が出入りするのは困る」と、寺子屋などは冷たく門前払いなのだ。

それで狙い目は外国人用の貸家になるが、いい物件を見付けるはしから、サッとハゲタカ外資の社宅用に横取りされてしまう。そのほうが貧乏物書きより金払いが確実だと家主が思うのも無理はないが、まるで敗戦日本に逆戻りしたみたいで情けなかった。

それでも遂に契約にこぎつけたこの貸家は、長いこと待った甲斐のある理想の間取りで、中目黒駅から徒歩七分という地の利も申し分ない。昨年暮れに入居するなり大車輪で家具什器《じゅうき》食材を揃えながら、たちまち宴の日々である。

パーティーをする度に「あっ、マスタードが無い」「おや、テーブルクロスは」「あら、この包丁切れない」と、あっ、おや、あらのオンパレードで、悲鳴の数だけ必要なものがわかっていく。

それで、十二人の年越しスパゲッティー・パーティーから、森羅塾の趣旨説明会シリーズで二十二人のサンデー・ブランチ、二十六人のイングリッシュ・ハイ・ティー、十五人のベジタリアン・ディナーまで四回四様のパーティーを矢継ぎ早に乗り切った頃には、ようやくほぼ万全の態勢が整った。

そこでいよいよオープニング・パーティーである。日頃いろいろとお力を貸して下さる大切な方々ばかり三十人ほどお招きするディナー・パーティーだ。ケイタリングのほうが無難だろうが、料亭やホテルの宴会料理にあきあきしておられるであろう客も多いから、意地でも手料理でもてなすことにした。

もちろん、自分で作るほうがずっと安上がりということもある。気取っても始まらないから言うけれど、森羅塾は始めから火の車なのだ。

家を借りるための初期費用や家具だけでも貯金の大半が消えたので、慌てて友達に「お宅にお鍋余ってない?」とか「半端物でいいから要らないカトラリー頂戴よ」といった電話を掛けまくって不用品回収に励み、インターネット・オークションの安物買いにも習熟した。

それでもちゃんと格好がついて、その辺のカルチャー・スクールよりずっと上等な雰囲気だと評判がいい。

オープニング・パーティーも大成功で、料理の皿はどんどん小気味よく空になり、代わりに豊かな会話と笑い声がそこここに溢れかえった。ホテルの宴会場を埋めるような大パーティーよりも、ずっと温かく濃密な人間模様が編み上げられていく至福の時間に、これこそが森羅塾の目的なのだと陶然とする。

締めには重要無形文化財の大倉正之助《しょうのすけ》さんが駆けつけ、桃山時代の美しい大《おお》鼓《つづみ》で、祝福の祈りの音を全員の魂に深く烈々と打ち込んで下さった。

また、残念ながら旅行中でご欠席の細川護熙《もりひろ》元首相から、看板用に揮毫《きごう》をお願いした「森羅塾」の書が身代わりのように到着したので、その場で皆さんにご披露した。さすがに茶人大名のＤＮＡが顕《あき》らかな達筆だが、それにひきかえ貼紙などに私が書く字の拙《つたな》さは見るに耐えない。

そうだ、森羅塾には書道講座も設けて七十の手習いを始めよう。

# 遺言代わりの千夜一夜物語

森羅塾のメイン・シリーズである「桐島洋子の千夜一夜物語」が始まった。これは言わずと知れたアラビアンナイトのパクリで、毎夜のお伽話《とぎ》で王の寵愛を得た才色兼備の侍女シェヘラザードになり代わる世にも図々しい講座なのである。

それも自分史を十二回にわたってえんえんと喋り捲《まく》ろうというのだから、われながらいい気なものだ。

そんな私事なんかに付き合いきれないよと言われて当然だから、二カ月に一回で二十人くらい集まれば御の字だなと思っていたら、参加希望がたちまち六十人に達してしまい、急遽三十人ずつ二クラスにしたけれど、なおも申し込みが絶えず、ウェイティング・リストが膨らみ続けている。

いずれもう一クラス増やすことになりそうだ。

さて第一回は「魔都上海の危うくも華麗な幼年時代と太平洋戦争」である。土佐と秋田で同じ頃に生まれた貧しい少年がそれぞれ苦学力行の末、一人は財界重鎮に、一人は病院長に出世する。

そして財界重鎮の息子と病院長の娘が出会う頃から千夜一夜物語は始まるのである。二人はめでたく結婚し、昭和十二年七月六日に長女洋子、すなわち私が生まれ、翌七日には日中戦争勃発。

「洋子が生まれたときから世の中が平和でなくなった」

が母の口癖だ。

同じ年に祖父が亡くなり、タガが外れた父は財界跡継ぎコースからスピンアウトし、軍国主義の暗雲たちこめる日本を嫌って上海に移住し、莫大な遺産を蕩尽《とうじん》して自由を謳歌する。

新聞社を経営したり、ナチスの迫害を逃れてくる亡命音楽家たちの援護に熱中したり、桐島サロンと呼ばれるほど千客万来の社交生活を楽しんだり、つまり当時としては極めてカラフルで優雅な日々である。

新し物好きの父は、写真はもちろん八ミリや十六ミリもいっぱい撮っていたから、私もパワー・ポイントを使って昔の情景を次々と映し出しながら話ができる。

新婚の両親がキスしたり、赤ん坊の私がハイハイしたりするところも動画でお見せできるのだ。

その時代で一番印象に残っている食べ物を再現して味わって頂くというのも、この講座のお約束だが、人数が三十人ともなると、このサービスは容易ではない。さて何にしようかとさんざん考えた。

親に連れて行かれた高級料亭のご馳走より、アマ（お手伝いさん）に頼んでこっそり味見させて貰った庶民の屋台の味のほうが実は懐かしいのだが、一番美味しかった生貝は一発で疫痢になって死線をさまよい、大好きなアマがクビになりかけた。ここでは安全第一に、熱々のくみ出し豆腐の餡かけに葱や香菜《シャンツァイ》を散らす「豆腐花《トーフーホワ》」と、スープ入りの小さな焼き肉饅頭「生煎《シェンション》」を選ぶ。

小さな屋台でできたことなら、込み合ったウチの台所でもできるだろうと思ったのだが、いやはや大変だった。

豆乳にニガリを入れて煮る豆腐花は何とかなったが、おびただしい肉饅頭まで手作りする余裕は無く、既製品を買ってきて、焼きながらスポイトで熱いスープを注入するというズルをした。

ドタバタしながらも無事にスタートを果たした千夜一夜物語で、これからゆっくり七十年の人生を反芻《はんすう》していくわけである。

遺言代わりにもできそうな気がする。

# 初恋の記憶に赤面

隔月でゆっくり進む森羅塾の講座「桐島洋子の千夜一夜物語」も、もう三回目に達し、私は都立駒場高校に進学したものの、勉強などほったらかして学生運動や初恋に熱中する。

一番青臭く突っ張っていた、思い返すのも恥ずかしい年代だ。それなのに話していると次から次へと細かいことまで思い出す。

飛び降り自殺などした人は地面に叩きつけられるまでの数秒間にあらゆることを超高速の走馬灯のように思い出すとか、あの世に行くと閻魔《えんま》様の前で人生のすべてをおさらいさせられ恥と悔いに脂汗を流すとか言われるが、本当に人間の脳には何一つ消去されない完全な記憶がしっかり貯蔵されているらしい。

老人の物忘れは神の祝福だと思っていたが、そう都合よく過去から解放してはいただけないようだ。

さて、初恋の相手は駒場高校の隣組だった東大教養学部の学生で、学生運動の同志でもあった。

私はガラにもなく家庭科の授業に出て作った料理を弁当にしてせっせと彼に運んだりするカワイイ女の子だったのに、結局は振られて悲恋に終わったのである。

生涯にわたる私の男運の悪さは彼によって最初から方向づけられてしまったのかもしれない。

その後会うこともなく、消息も知らなかったが、何年前だったか私の記事が載った女性誌が送られてきたのでパラパラめくっていて、突然アッと眼をみはった。あの懐かしくも恨めしい彼の名前と顔が眼に飛び込んできたのだ。

何と彼は懇切なカウンセリングで信頼を集める名精神科医としてインタビューされているではないか。

「へえ、恋を捨てて学業に専念した甲斐あって医学部志望が叶ったわけね。精神科かあ、そういえば妙に人の心を読むようなところのある人だったな」などとしばらく感に堪え、会ってみたいなあと思いながらも連絡する勇気はなかった。

ところが今回の講座のために駒場時代の資料整理をしながら、アシスタントにふとそのことを漏らしたら、彼女はなんとインターネットで彼の診療所を調べ上げ、勝手に電話をかけてしまったのである。

「ええっ、なんと不躾《ぶしつけ》な……。一体なんて言って電話したわけ？」

「まず、学生時代にお付き合いのあった桐島洋子のこと覚えていらっしゃいますかと。そうしたらもちろん覚えていますよ。忘れるはずがないじゃありませんか。すべて覚えています。と、凄く懐かしそうでしたよ。それで森羅塾のことを説明し、駒場時代の初恋物語にもちろんお名前は伏せるけれどご登場いただくことをお許しください、もしもできることなら、当時の桐島についてコメントをいただくわけには参りませんでしょうかとお願いしてみました」

「キャーッ、やめてよ、そんなご迷惑なリクエスト、気を悪くされたでしょうに」

「いえ、それは光栄なことですと、とても優しく対応してくださいましたよ。精神科医の立場上コメントはご遠慮するけれど、くれぐれもよろしくお伝えくださいと、なんとも言えず快い深い声音《こわね》でうっとりしてしまいました。話すだけで癒されるような感じの方です」

陽気にはしゃぐアシスタントのそばで、あらゆる細部までワッと甦《よみがえ》った甘酸っぱい恋の記憶にもみくしゃにされ、私はドギマギと赤面するだけだった。

# ちゃんと呼吸できるように

羽衣《はごろも》伝説で名高い三保の松原を久方ぶりに訪れた。同行者は大鼓奏者の大倉正之助さんと樹木再生業の福楽善康《ふくらよしやす》さんだ。

ご多分にもれずここでも松食い虫の侵食が激しく次々と松が枯れ始めている。能楽「羽衣」の縁で松原の救援運動に加わった大倉さんが、「この人なら松を救える」と見込んで引っ張ってきたのが福楽さんなのだ。

名刺を頂いて「わあ、福と楽と善と康なんて、このままお守り札になりそうなお名刺ですね」と眼をみはったが、名前負けどころか本当に花咲爺かサンタクロースかという大変な実績の持ち主だというのがわかるのに時間はかからなかった。

全国各地で福楽さんが関わった樹木の治療前、治療後の写真を見比べると、管に繋がれた瀕死のがん患者と、グリーンを闊歩《かっぽ》する陽気なゴルファーぐらい様子が違うことが多く、えっ、これ本当に同じ樹なのと眼を疑ってしまう。

「いったいどんな魔法をお使いになったのですか」とか「凄い大手術だったんでしょうね」とかいった質問攻めに、福楽さんは「いやいや、ただ樹がちゃんと呼吸できるようにすればいいんです」と穏やかに微笑んでおられる。樹を掘り起こしたり切ったり張ったりするわけではなく、根っ子の周りに彼が開発した独自の処方液を注入するだけなのだという。

三保の松原で枯れかけていた松を取りあえず九本選んで治療したのが三週間前で、この日はその結果を検分に訪れたのだ。

「えっ、たった三週間で変化があるのですか」と半信半疑で、治療前の写真片手にそれらの松を次々と見て歩いたら、本当に目覚ましい回復ぶりで、ぐったり下を向いていた松葉がグッと起き上がって天を見上げているではないか。以前は落ちる気力もないと言う感じでしがみついていた枯れ葉も、やっと成仏したように地上に散り敷いている。

「よしよし、大分元気になった。これならもう大丈夫です」

「松食い虫も退治できたわけですか」

「いや松食い虫に対抗できるくらい元気になったということです。人間だって同じですよ。悪い黴菌《ばいきん》やウイルスはいつも周りにウヨウヨしているけれど元気な人間なら抵抗できる。しかし体力、免疫力が低下したときには容易につけ込まれて病気になる。この松たちは充分な呼吸ができず慢性的な酸欠状態だから身体がボロボロで、松食い虫のいい餌食になっていたのです」

「へえ、呼吸ですか。私は幸い気功とか瞑想の習慣があるからわりと深い呼吸ができるけど、近頃は浅く短い口呼吸の若者がやたらと眼につきますね。死にかけの金魚みたいな……」

そんな会話をしながら、あちこちで酸欠の松が枯れかけている三保の松原を歩いていると、日本の縮図の中にいるような気がして落ち込んでくる。

いくら福楽さんの注射が効果的でも一本当たり五万円くらいの費用がかかる

から、数万本はある松を手当てするに足りる膨大な資金は何処からも出てこない。しかし枯れた松を一本切るのに十万円かかるというのだから、その半額で生かすほうを選べないものなのだろうか。そんな思いで苛立つ私たちの眼前に真っ白に雪をかぶった富士山が鮮やかに姿を現した。

「あ、綺麗。松と富士。まさにこれが日本ですよね」と思わず叫んでしまう。この松を枯らすなんて、あまりに口惜しい、恥ずかしい。松と自然と人間の再生について、私たちに何ができるかを真剣に考えたい。

新年一月成人の日には、森羅塾に大倉さんと福楽さんをお迎えして、新年会を兼ねたシンポジウムを開催する。

# 「韓流」は角が立つ

森羅塾の講座の一つとして、ネスト・オブ・マザーグースというシリーズが発足した。ネストは巣、マザーグースは私の渾名《あだな》だから、つまり私の棲家《すみか》ということだ。

この講座は、我が家でもある森羅塾へ、有名無名を問わず魅力的でストックが豊富なゲストを迎え、私が聞き手としてぐいぐい本音を聞き出そうという公開対談である。新聞雑誌の対談と違って編集も削除も修正もない肉声とナマの表情に触れることができるのがミニコミならではの醍醐味だろう。

第一回目のゲストは韓国の女流作家で、私の二十数年来の親友でもある王秀《ワンス》英《ヨン》さんだ。

高麗王の末裔《まつえい》という名家に生まれ、早くから詩人、作家、そして舞踊家としても才能を発揮した極め付けの才色兼備で、そのままいけば韓国のファースト・レディーになっても不思議はない女性だった。

なのに、かぐや姫のように求婚者が列を成すのには眼もくれず、倍も年上の抵抗運動の闘士にひと目惚れして押しかけ結婚したり、日本の外交官と恋をして帰国した彼を追ってきたり、いつも激しい情熱に身を任せては、その重いツケに怯《ひる》まず獅子奮迅の働きで道を切り開いてきた。

私といい勝負のじゃじゃ馬だと人は言うが、私が勝るのは子供の数だけで、彼女の強靭な人間力にはとても及ばない。

長い付き合いでも韓国語では挨拶一つできない私を尻目に、王さんは演歌で鍛錬した日本語で立派に本まで書いてしまった。『角が立つ韓国人　丸くおさめる日本人』（海竜社）というキムチのように辛口のユーモアが溢れる見事な比較文化論である。

来日当時は韓国人というだけでアパートを借りるのも難しかった王さんが、

今や韓流ブームで引っ張り凧《だこ》の様子を見るのは嬉しいが、このブームの先駆けとなった『冬のソナタ』のヒロインは、直情径行の王さんと似ても似つかない。「好きなら好きとはっきり言えばいいじゃない。ヘンにうじうじしてるから、すれちがって、ことがややこしくなるんでしょうが」とイライラして、私にはとても我慢できないタイプなのだ。

だから今回は王さんに、あれが本当の韓流というものなのか聞いてみたかったのだが、彼女が語る「韓流」はやはり痛快で、うじうじどころか、ハッキリ過ぎるほどハッキリものを言うから角が立つ。そして女は強過ぎるほど強いのだ。

特に母の力は絶大で、立派に成人した息子も母の意向には逆らえない。王さんの子が「お母様はお出掛けです」と親に敬語を使うのに驚いたが、彼女はうちの子が「母は出掛けております」と言うのに眉をひそめた。マザコンなどという言葉は韓国にはないという。

今の韓国料理ブームにも彼女は柳眉《りゅうび》を逆立てる。

「ニンニク臭いと在日を罵《ののし》ったことを謝ってからキムチを食べてほしいわね。それに辛いの熱いのとハーフー、びちゃびちゃ、食べ方が下品で見るに耐えないの。韓国の家庭の食事風景は絵のように美しいのよ」

そういう彼女がその場で作って食べ方も指導してくれた韓国料理は本当に上品で美味しくて、「韓流」の誇りがみなぎっていた。

# マイ・ブーム

私は何故か相当な酒飲みだと思われているのに、残念ながらアルコール分解酵素に恵まれず、ほんの一杯で茹《ゆで》ダコになってしまう不甲斐ない女である。だからといって甘党でもないし、煙草は一度も吸ったことがないが、かなりのお茶飲みだとは言えるだろう。

日本の煎茶も抹茶も、英国の紅茶もそれぞれに好きだし、近頃流行りのさまざまなハーブ・ティーや健康茶の類の研究も怠らないが、一番奥が深くて面白いのは中国茶だと思っている。まだ中国が今よりずっと貧しく物資も乏しい頃でさえ、茶店にはピンからキリまで多種多様な茶葉が並び、ピンのほうは高級官僚の月収が軽く吹っ飛ぶような値段だった。

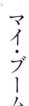

こんなお茶を飲む人がいるのだろうかと訝《いぶか》ったものだが、グリーン車に当たる軟座席で汽車旅行したとき、周りに座っていたのが、まさにそういうお茶を飲む人種だったことがある。灰色の上等な人民服をピシッと着こなしたその恰《かっ》幅《ぷく》のいい紳士たちは、車内サービスの茶を一斉に斥《しりぞ》けて熱湯だけ貰い、各自が持参した茶器で好みの茶を淹れて愛しげに啜《すす》り始めた。

彼らが英語を解することを察した私が、「それはどういうお茶ですか」と尋ねると、皆喜び勇んで茶を巡る薀蓄《うんちく》を語り、自慢のお茶を競って味見させてくれるではないか。

この嬉しい経験で中国茶にとりつかれた私は、日本で飲まされる中国茶のほとんどがキリに属することを悟り、中国に行く度にピンのほうを買い漁《あさ》ってくるようになった。同じ頃に蒐集《しゅうしゅう》を始めた骨董にも当然茶器が多い。

「阿片窟《あへんくつ》」と名付けた私の骨董部屋のもてなしには、阿片も酒も要らない。数百年を経た青花磁器の茶碗で薫り高い中国茶を供するだけで客は酔い、あの車上の饗宴のように談論風発するのだ。

最近は日本でもピンの中国茶が珍しくなくなったが、我が家で新しく活躍し始めたのは視覚的楽しみが加わった工芸茶という一群だ。

茶玉に湯を注ぐと花開いたりするのは以前からあったが、そういう細工がもっと繊細精巧になり、お茶の中に龍や美女や天使や鳥や動物が浮かび上がったりする凝った工芸茶で、ガラスのポットに入れてテーブルに置くとパーティーの華になる。

昨年末、大阪で見事な工芸茶を取り揃えた「クロイソス」というサロンを発見して思わずいろいろ買い捲《まく》ってしまったが、そこの喫茶カウンターで注文したお茶が花開くのを凝視《みつ》めているうちにディテールがちょっとピンボケではないかと気になった。

「あらあら、眼鏡の度が合わなくなってるみたい」と、その足で個性的な品揃えが評判の「アイウェアはらぐち」に立ち寄って検眼して貰い、善は急げと眼鏡を新調することにした。

いつもはつい同じようなものばかり選んでしまう私だが、今回は大阪の友人が寄ってたかってわいわいアドバイスしてくれたお陰で、今までになく斬新なデザインの眼鏡を思い切って注文し、パッと気分を変えて新しい年を迎えることができた。

視力が冴えると、お茶もひときわ美味しく感じられる。

眼鏡とお茶に励まされて、原稿書きもはかどりますように。

# 私の消夏法

私は七月生まれの夏女で、洋子という名前通りの海女《うみおんな》だから、太陽がいっぱいの夏が大好きだった。だったと過去形にしなければならないのが辛いところだが、近頃の夏は異常に暑く、もう好きだなんて言っていられない。

昔はひいひい暑がる連中を「南極じゃあるまいし、夏は暑いのが当たり前でしょうが」と嗤《わら》っていた私も、今やぐったり、ペンギン状態だ。

昔だって猛暑がなかったわけではなく、私が生まれた日の母の日記を見ると「……何十年ぶりの暑さとか、三十三度をこす勇ましく暑い日で、皆汗だくでお気の毒だった。自分はどっちにしろ無我夢中だけれど」という記述がある。

それでも当時は冷房などなく、扇風機だって珍しかったから、窓を開けて風を通すのが一般的な消夏法だった。

今や窓など開けたらワッと熱風が押し入ってくる。冷房嫌いの私もさすがに最近は冷房無しには暮らせなくなってきた。ビルや家々の冷房から一斉に吐き出される排気で街がますます暑くなるのだし、さらにスケールの大きい地球温暖化も人類の強欲な文明に責任があるのだし、すべて自業自得としか言いようがない。

そう恥じ入った私は、とりあえず暑いという愚痴を封印することにした。言《こと》霊《だま》というものがあって、暑い暑いと騒げばいよいよ暑くなるだけだ。

かくなるうえは、火中に莞爾《かんじ》として立ちはだかり「心頭滅却すれば火もまた涼し」と言い放った快川《かいせん》和尚の境地を目指して座禅に励むとか、人類学を研究して熱帯民族への自己改造を図るとか、積極的な挑戦で人生を変革するのも悪くない。しかし私は物ぐさだから、チマチマと小さな工夫でなんとか暑さと折り合いをつけていくだけである。

まず涼しい服装だが、見かけが涼しげな透け透けルックは下着で武装しなければならないからパス。コシのあるざっくりした木綿なら透けないいし、べとべとまつわりつかないから肌着無用。

ウエストを締めずにガボッと着る単純明快なワンピース、すなわち昭和のアッパッパか、弥生時代の貫頭衣《かんとうい》を復活させよう。

涼しい献立として私の一押しは父祖の地である土佐の名物鰹《かつお》のたたき。庭先で藁を燃やして焼かなくてもスーパーの出来合いで充分だ。

適当に切って薄切りの玉葱《たまねぎ》を敷いた皿に将棋倒しに並べ、おろし生姜《しょうが》と薄切りニンニクで覆い、すだちかレモンをたっぷり絞りかけた上をピシャピシャ叩き、ラップをかけよく冷やしておく。

食べる前に、大根おろし、貝割れ、細く刻んだ青紫蘇《あおじそ》、茗荷《みょうが》、葱、ウドなどを、たたきの上に山のように盛り、ポン酢醤油につけながら食べる。サラダが苦手な向きも抵抗なく生野菜を沢山食べられる。鰹でなくても、牛肉か鶏ささ身のたたきや豚の冷しゃぶ、あるいは小魚のから揚げを同じように食べてもいい。

常備菜としては、豚肉と搾菜《ザーサイ》を細かく刻んで日本酒少々と醤油で炒り煮しておく。これをご飯や素麺にのせ、香菜か葱を刻んで添えると食が進むこと請け合いだ。

第2章

# エイジングとは熟成すること

# ボランティアは自分のため

古稀を迎えて以来、「お若いですね」と言われることがいよいよ増えた。これが賛辞であることぐらいわかっているから、その度に如才なく「ありがとう、嬉しいわ」と応えてはいるのだが、わが内なる意地悪バアサンは、「せっかくここまで年をとったのに若いなんて言われたくないわよ。若いと褒《ほ》めるのは、老いよりも若さを尊ぶ価値観の露骨な表明で、失礼な老人差別じゃないの」と憎まれ口を叩きたくてウズウズしてしまうのだ。

心ある後輩の方々は、先輩を「お若い」ではなく「お綺麗」とか「お元気」とかいって褒めて下さいね。

本当にこのごろ、幾つになっても元気で綺麗なひとが増える一方だ。もちろん年をとるほどに容姿や体力は当然自然に少しずつ衰えていくけれど、代わりに成熟と洗練を重ね、余計な欲が抜け落ちた精神は透明度と深みを増していき、長年にわたって蓄積された知識や教養が珠玉のように内面から輝きはじめるから、トータルとしては年と共により魅力的になる人が多いのである。

だから、今流行の「アンチエイジング」という言葉も気に入らない。アンチというのはアンチ温暖化とか、アンチ軍国主義とか、何かに反対し、それをストップしようという思いを込めて使う言葉ではないか。

つまりエイジングを悪いことと決め付けているわけだけど、エイジングとは熟成という意味ですよ。私が愛する骨董をはじめ、ワインもチーズも味噌もヴァイオリンも家具も、エイジングによって味わいを深め価値を増していくのに、アンチエイジングとは何事ですか。

ただしエイジングに耐えるのはきちんと手をかけ心を込めて作られたものだけで、大量生産の安物や軽薄な流行りものは古くなったらおしまいで、ゴミの山に直行するしかない。

人間も同じことで、若さをチヤホヤされて舞い上がり、自分磨きもしないで浮かれているキャピキャピ娘なんて、あっという間に掃き捨てられていく。そう、アメリカを大本山にして世界に広がった若さ信仰と使い捨て文明は一体なのだ。私が若かった頃は、幸いまだそれほど若者の天下ではなかったから、年齢の価値を認識できたし、しっかりと下積みの修業もして順序よく人生の階段を上ってくることができた。

そして今や人生の収穫の秋の「林住期」。残り時間が減っていくことに焦りを感じる年代でもあるが、自分の時間は増える一方、持ち時間はむしろ豊富になり、今までに無く自由な時間遣いを楽しめるわけである。

旅行とかスポーツとか創作とか、もっと時間があればと諦めていたことがいくらでもあるだろう。暇ができるとお金が無いというパラドックスもあるが、そんな観念におとなしく呪縛されていることはない。

時間さえ惜しまなければ金が無くても楽しめることはいくらだってある。読書、散歩、庭いじり、料理といった古典的楽しみだけでも退屈する間はないのに、近頃はインターネットでいながらにして世界を遊弋《ゆうよく》できるし、気功や瞑想の普及で見えない世界にアクセスすることも容易になりつつある。

本当に余暇が面白くてたまらない時代に、私たちは生まれ合わせたのである。ラッキーなことではないか。

その感謝を込めて、ボランティア活動にもぜひ励んで頂きたい。障害者や老人の介護、自然保護、難民援護などなどに人手とお金はいくらあっても余ることはない。ボランティアなんて気恥ずかしくてと怯《ひる》む人も少なくないが、それは可哀相な人を助けてやろうと高みに立って恩着せがましく手を差し伸べるような意識がどこかにあり、その偽善のニオイをふっと自分に感じてしまうからだと思う。

いささかでも人の役に立つことが嬉しくて生き甲斐になるから、自分のためにこそボランティアをさせて頂くのだと思う人たちは、なんの気恥ずかしさもなく心底ボランティアを楽しんでいるのだ。

老後の楽しみとして、この鉱脈が一番期待できそうな気がする。

# 人生、引き算の仕合わせ

末期がんの友人の「生き甲斐探しだのなんのって贅沢な話だよなあ。ぼくなんて、一日でも多く生きたいと思うだけだよ」という呟《つぶや》きが忘れられない。「生きてるだけでもめっけものなんだから、また朝日に会えた、有難う。また家族と話しができた、有難う。また朝飯を食べられる、好物の目刺しと蜆《しじみ》汁をまた味わえた、有難うという感じで、一刻一刻のあらゆることが、むしゃぶりつきたいほど愛おしいんだ」という境地で数カ月生きてから、彼は安らかに亡くなった。考えてみれば彼も彼なりに生き甲斐を摑んでいたのだ。

社会的成功や栄誉や名声を生き甲斐にする人生が、日常茶飯のささやかな喜びを生き甲斐にする人生よりも豊かに充実しているとは限らない。

まあ、若いうちは大いに意欲的、野心的であって当然だが、熟年に至ればだんだん先が見えてきて、富や名声や権力に対する欲望と競争心がしぼんでいく。そういうエイジングを物哀しく感じる人が多いようだが、私はむしろ神の祝福だと思っている。

たしかにエイジングはいろいろなものを手放していく引き算の過程だが、それでどんどん肩の荷が下りて身軽になり自由になっていくのだ。そして老子の「足るを知る者は富む」の境地に達するのが最も望ましい老い方だろう。

幸い私もかなりそれに近い状態で、普通の生活に散りばめられた当たり前のこと、例えば朝一番のコーヒーの香りから夜更けにもぐり込むふとんの暖かさに至るまでがいちいち仕合わせで、これだけでも生きている甲斐があるなあと思ってしまう。

もともとあまり贅沢を言わないほうだったが、いよいよ簡単な人間になってきた。逆に年をとるほど気難しくなる人もいるけれど、それはそれでこだわりが生き甲斐になるのだから悪くないだろう。

小市民的と言わば言え、ともかく日常的な細かい生き甲斐がいっぱいあるほど仕合わせは安定するようだ。さらになるべくならボランティア活動など利他的な生き甲斐を持ったほうが仕合わせが効率よく増殖する。

「慈善」という日本語だと、何か高みに立って可哀相な人たちに施しをするようなイメージがあって気恥ずかしいし、売名や免罪符に使う連中もいるのが目障りで私はどうも参加が億劫だった。

しかしアメリカやカナダにいると、ボランティアは当然自然の習慣として市民生活に浸透しているので、いつでも気軽に参加して自分の時間や能力を活用することができる。そこに人助けをしてやるという恩着せがましさは全くない。

ボランティアは自分の喜びのためにさせて頂くことである。もうお前に用はないとお払い箱にされた無力感、疎外感ほど、人をガクッと老い込ませることはない。まだ人の役に立ち必要とされるという自信と、社会との連帯感が何よりの生き甲斐になるのだ。人間は社会的動物なのだから、たとえ自立できても孤立していては、精神的な循環不全を起こし、健康に生きるのは難しくなる。

# 「老後の楽しみ籠」に放り込んだもの

高校の同期会が大盛会で驚いた。年とともに出席者が減っていくものかと思っていたが、逆に増えてくるようだ。

七十過ぎればたいてい仕事は引退だから、暇になり、人恋しくなり、昔が懐かしくもなって同窓会に足が向くということなのだろう。

「だけど、皆やたらと元気よね。それにまあまあ結構な暮らし向きみたいだし」「でも、病気の人も困ってる人も少なくないと思うわよ。そういう人は同窓会なんかに出てこないだけで」「それは人生いろいろでしょうけど、平均的に考えて昔の七十代よりずっと若くて元気なんじゃない」

などと話が弾むが、本当に高校時代に抱いていた七十代の枯れ切ったイメージに合致する同世代に出会うことは滅多にない。時代とともに加速する時間の流れに、老いが間に合わないという感じがする。

とはいえ、もうレッキとした老人だということをそろそろ自覚したほうがいいだろう。明らかに減少した残り時間を、若者のように無造作に使いまくるわけにはいかないのだから。

さて、私の余生の使い道の優先順位を考えると、年金も財産もないから、まず仕事は続けなければならない。好きな仕事でよかった！

人生の意味、死後の行方などについても、生きているうちに納得しておきたい。これは五十代からスピリチュアリズムに関心を持って研究を続けているが、何とか間に合うだろうか。子供三人に対する親の役割は果たしたと思うが、孫七人に祖母として伝承することは残っているので、それをそろそろ時間割に組み込もう。

森羅塾は何年続けられるかわからないが、その間にまとまってくるだろう「終《つい》の仲間たち」と、老後を穏やかに連帯して暮らす共同体を、美しい自然の中に作るのが、私の大きな夢である。

誰でも若い頃に「老後の楽しみ籠《かご》」に放り込んでおいた夢があるだろう。船旅、陶芸、コーラス、庭仕事、お遍路エトセトラ。それがやっと実現したという報告や自慢話が、同窓会のそこここで盛り上がっていた。

私の夢の一つはガラス工芸だった。子供の頃のガラス戸は景色がゆらめいて見えるものが多く、それが魔法のように私を惹《ひ》き付けた。瓶やカップが水や光によって鮮やかに表情を変えるのも魅力的だった。

こんな変幻自在縦横無尽な素材と自分の魂を一体化させた小宇宙というイメージを膨らませてはわくわくしていた私の前に、ガレやドームの作品が現れたときの衝撃は忘れられない。

一生かけたってこれには及びもつかないと一瞬で悟ったものの、いつか私も何かを作ってみたいという思いだけは消えることなく、微《かす》かな種火のようにじっと身を潜めていたのだ。最近、そこに突然炎が上がったのである。

出張森羅塾で岡山県の玉野市を訪れたら、その会場が旧《ふる》い民家を改装した

「マザーズ」というカルチャー・サロンで、ガラス工房でもあり、しかも女主人の佐々木紀子さんがその先生という絶好のお膳立てではないか。

ここで据《す》え膳《ぜん》食わなければ女が廃《すた》ると、勇躍《ゆうやく》腕まくりして、トンボ玉作りに挑戦する。強く噴き上げる炎にかざした鉄串に、飴《あめ》状にとろけたガラスを幾重にも巻きつけながら形を整えていくのだが、これが予想外に難しい。そして難しいほど面白く、どんどんのめり込んでいき、たちまち、「これはハマるぞ」と覚悟した。

来年の同窓会では私も喧《やかま》しい自慢話組に加わるのだろうか。

# 伯母の覚悟

老人介護問題は、森羅塾でもしばしば話題に上るが、幸か不幸か私は全然その経験無しに過ごしてきた。父、母、次兄はすでに他界したが、誰一人長患いせず、普通の生活からほとんど直接スッと逝《い》ってしまったので、私が訃報を聞いたのはいつも旅先だったのだ。

しかし最近初めて、この問題を深刻に意識する機会が訪れた。わが一族の長老は、母の兄の未亡人、つまり私の伯母で八十五歳になる。

伯父はアフリカの伝染病撲滅に生涯を捧げて、日本のシュバイツァーと讃えられた国連の医師である。

その伴侶として酷薄な生活環境に耐えながら懸命に夫を支え、病人を援《たす》け、現地の人々に深く慕われた伯母だが、そんな献身が報われた老後とは言えず、家族も財産も無く、夫の死後はただでさえ少ない年金が半減し、ピアノの仕事で細々と収入を得ながら、誰にも頼らず横浜の公団アパートで凜々しく一人暮らしを続けてきた。

ところがこの春、仕事の帰りに地下鉄銀座駅のトイレに入った伯母は、そばにいた大女が滑って転んだ巻き添えでタイルの床に激しく押し倒されて頭に大怪我をした。

大女のほうは伯母を下敷きにしたのでかすり傷も負わなかったが、御免なさいの一言もなく逃げ去ってしまった。

それればかりではない。そこでは、五、六人の女性が鏡の前に並んで化粧直しに励んでいたのに、血の海に仰向けに倒れたまま、「助けて下さい、救急車を呼んで下さい」と懇願する伯母を冷たく一瞥《いちべつ》しただけで、全員サッサと出て行ってしまったそうである。

伯母は濡れた床を這いずってやっとトイレを脱出し、通りかかった地下鉄職員に救急車を呼んでもらうことができたが、五つの病院が門前払いで、やっと引き受けてくれた病院も手当てだけで入院の空きはなく、自弁の介護タクシーで帰宅するしかなかった。

そしてほとんど身動きできないままの一人暮らしになったが、気丈な伯母は電話で介護のシステムをリサーチして、週に数回の掃除や買い物や通院のエスコートなどのサービスを受けながら自宅療養を続け、秋口にはなんとか自力で近所への外出ができるくらいまで回復した。

それでほっとしたのも束の間、家で意識不明で倒れているところを訪問者に発見され、病院に運ばれた。重症の脳梗塞《のうこうそく》で、病状は予断を許さない。

知らせを聞いて駆けつけた私は、伯母の留守宅がいささかの乱れもなく、もののの見事に整理整頓されているのを見て胸を衝《つ》かれた。どの引き出しを開けても、一目で内容が把握できるし、必要な情報がすべて用意されているのだ。

遺言書はもちろんのこと、入院したら連絡する人と、死亡の場合だけ通知する人のリスト、各種支払いの明細、延命治療拒否の書類、献体登録書と死体引き取り先の電話番号まで記されている。

そして、解剖後に返却される遺灰については「ゴミ箱でも構わないけれど、もしも洋子ちゃんがカナダの森か海にでも撒いてくれたら嬉しい」と美しい筆跡で書いてあるのだ。

いささかの甘えもなく自力で人生を全うしようという覚悟はご立派としか言いようが無いが、ここまで伯母が強くならざるを得なかったことが何か哀しい。

「私は遠慮なくあなたたちの世話になるからね、覚悟しなさいよ」と、子供たちに言い渡しておこう。

# ビューティフルエイジの見本

カトリーヌ・ドヌーブが来日すると聞いたとき、私はたまたまパリにいた。いうまでもなく、ここは彼女が生まれ育ち今も暮らす街である。パリに来る度につくづく見事な街があるものだと思うが、同じようにドヌーブのこともつくづく見事な女がいるものだと思う。

そう、ドヌーブはパリの化身なのだ。花の都と呼ばれるとおりまずその壮麗なたたずまいで人を圧倒するパリだが、決して花のように脆弱《ぜいじゃく》ではなく、歴史と風雪をものともしない堅固な石造りの街である。

ドヌーブのあまりにも優美で繊細な容姿は女らしさの極致に見えるかもしれないが、彼女の強靭な意志と果敢な行動力は男勝りとしか言いようがないし、年を重ねた今も堂々と華やかな大女優で在り続ける耐久力もパリと同じだ。

パリは世界一多数の旅行者を迎え入れながら、観光地としてスポイルされることなく悠々と自分なりに暮らす逞しい生活者の街である。ドヌーブも世界中の視線にさらされながら、そのことに驕《おご》りもせず怯《おび》えもせず泰然《たいぜん》と自然体を貫いてきた。彼女は別に護衛もなく変装もせず、普通に街を歩く人である。私はまだ遭遇していないが、朝市でドヌーブとすれ違ったとか、寿司屋で彼女が隣に坐ったとかいう話は友達から幾度も聞いている。

一方、パリはプライバシーを守るのがうまい街でもある。私は典型的な造りのアパートを借りたことがあるが、まず道路に面した門の扉を開けて中庭を突っ切り、次に建物本体の扉を開けて階段を上がり、最後に自分の部屋の扉を開けるのだ。つまり三種類の鍵によって他者との関わり方を調節するわけである。

女優として世界に向けて大きく外の扉を開いたドヌーブは、生粋のパリジェンヌとして街を愉しむため中の扉もしばしば開くが、最後の扉だけは固く閉じたままで、決して自らプライバシーを語ることはない。

それでいて彼女はスキャンダルを恐れず生きたいように生き、大胆な恋愛遍歴を重ねてきた。それもロジェ・バディムとかマルチェロ・マストラヤンニとか、フランソワ・トリュフォーとかいった名だたる男ばかりを相手にして、彼らに妻がいようが恋人がいようがためらわず、ともかく愛した男は断固として自分のものにしてしまう。そのうえたいていはしっかりと子供も作るのだ。この獰猛《どうもう》なまでの貪欲さと飽くなき生命力もまたパリのものである。

パリの市場に犇《ひし》めく野菜や肉やチーズに溢れかえる強烈なエネルギーに私はしばしば眩暈《めまい》がして「こんなものばかりいつもモリモリ食べてる連中に敵うはずないじゃない」と負け犬の気分にとらわれる。

あまり戦争向きの強さではなさそうだが、パリにはともかく何か凄い底力があって、ドヌーブもそのDNAをしっかりと体現している。

ドヌーブはパリの大地に深く根を張った花樹だから、儚《はかな》い切り花のように時間を恐れることはなく、年輪を重ねるほどに豊かな輝きを増していく。思えば私より五つ年下のドヌーブは、私が雑誌記者だった頃に鮮烈にデビューして、わが青春の女神となった。

そして恋多い女として、同じ未婚の母として、さらに今はビューティフル・エイジングの生き見本として、同世代の成熟を励ましてくれるのである。この見事なドヌーブにパリで感謝の杯を捧げよう。

# 私の憧れ、砂漠の女

一昔前に或る新聞の全面広告写真いっぱいに一糸纏《まと》わずスクッと立ち、日本を驚倒させた当時のスーパー・アイドル宮沢りえの清新な裸身と共に、それを撮影した篠山紀信の写真集の『サンタフェ』（朝日出版社）という題名を記憶しておられる方は少なくないだろう。

「そうか、ここがりえちゃんのヌード撮影の現場だったのか。なるほどどこの鮮やかな青空と烈しい太陽ほど彼女の美しさにふさわしいものはないな」と頷きながら、私は初めて訪れたサンタフェを夢中で歩き回っている。

サンタフェの先住民はもちろんいわゆるインディアンだが、スペインの植民地になったりメキシコに侵略されたりした複雑な歴史がいい目に出たというか、さまざまな民族の個性と文化が実にほどよく融合した、他に類のない魅力的な雰囲気に溢れる町である。

ニューヨークはアメリカである以前にニューヨークだと言われるが、サンタフェにも同じことが言えるし、ここもニューヨーク同様におびただしいアーティストを惹き付ける芸術の磁場になっている。

私が最も憧れる女流画家ジョージア・オキーフもサンタフェ近辺の烈しくも美しい大自然に魂を鷲掴《わしづか》みにされニューヨークから移り住んできた。シャボテンと灌木《かんぼく》しか生えない乾いた大地は、海や森を愛する私には荒涼として見えるだけだが、オキーフにとってはみずみずしいインスピレーションがこんこんと湧き上がる深い泉だったことが、彼女の作品を見ればよくわかる。

オキーフは二十世紀初頭の新しい芸術運動のリーダーだった写真家スティーグリッツに才能を認められ、よき同志として、後には夫婦として、愛し合い、尊敬し合い、刺激し合い、援け合っていた。

それは最も成功した幸福な結婚として眩《まばゆ》く輝いて見えたのに、オキーフは四十代で砂漠に移り、老齢のスティーグリッツはニューヨークに残った。時にはスティーグリッツも妻を訪ねて彼女の写真を撮ったりしているから不仲だったのではなく、お互いに自分の仕事に最適の環境を選んだということなのだろう。

猛烈ビジネスマンと教育ママの別居なら珍しくもないが、あんなにも愛と理解に満ちた結婚生活をさしおいても芸術を選ぶのはただごとではない。芸術家の業の深さというものなのかと思うと恐ろしく、私が本物の芸術家になれないのは当然だとつくづく納得してしまう。

オキーフが一九八六年に九十八歳で亡くなるまで住んだ家を訪ね、彼女が近づく蛇をステッキで叩き殺しながら平然と絵を描き続けたという砂漠を歩き、私はオキーフの孤高の精神と強靭な意志を壮絶な砂漠の夕陽に重ねながら強い畏敬の念に身震いするのだった。

私はオキーフになれなくていい。残りの人生も凡人としてラクに過ごしたい。でも彼女の晩年には四十も年下の愛人が優しく寄り添っていたと聞くと、やはり羨むべき女性だと思うのだ。

# 華のある女

「華がある」という言葉が好きだ。

華のある女が美人であることは多いが、美人だからといって華があるとは限らない。完璧な美貌に恵まれながら、何かあの人は華がないんだよねと言われて人気が出ない女優もいれば、器量は劣るのに妙に華があってブレイクするスターもいる。目立つとか派手だとかいうのともちょっと違う。どんなに着飾って盛大にしゃしゃり出ても、華がなければ下品に見えるだけである。

華は若さでもない。晩年の山田五十鈴や水谷八重子には、若い女優が束になっても敵わない華があった。本物の華は成熟するほどにますますその輝きを増すように思われる。

「聡明」という言葉も好きだ。

かつて私が書いた『聡明な女は料理がうまい』（現在の版元はアノニマ・スタジオ）という本が話題になったとき、「利口な女」とか「頭のいい女」とか「賢い女」とか言い間違えられることが少なからずあって、その言語感覚の鈍さに苛立った。

利口な泥棒や頭のいい詐欺師はいても、聡明な泥棒や詐欺師はいない。「賢い」はもう少し「聡明」に近いが、「賢いけど嫌な奴」というのもいるので、やはり格が落ちる。

聡明という言葉には、頭脳だけでなく感性や心も含めた全人格的評価が込められているのだ。

私にとって、「いい女」とは、華があって、しかも聡明なひとである。この両方をしっかり押さえたいい女たちの中でも、最高にいい女の一人としてぱっと頭に浮かぶのは大輪の薔薇が最後まであでやかに匂いたちながらハラリと崩れ落ちるように八十八歳の天寿を全うしたメキシコの大女優マリア・フェレックスである。

亡くなったのも生まれたのも、お釈迦様の誕生日と同じ四月八日だというのはただごとではない感じだし、中国で一番縁起のいい数である「八」づくしというのも凄い。生まれたときから華のある女たるべく運命づけられていたかのようである。


メキシコは貧しさが目立つ国だが、こんな豪奢《ごうしゃ》があろうかと眩暈のような感覚に襲われるほど輝きに溢れた国でもある。真っ青な海に面した白いテラスでまどろんだとき、激しい陽光がわっと雪崩《なだ》れ込んできて、魂と太陽が合体するのを、私ははっきりと意識した。私にとってそれは瞬時のことだったが、生涯にわたって太陽を内蔵し、そのエネルギーをほしいままにしている女性がメキシコにはときどき現れる。マリア・フェレックスがその代表だ。

女が太陽なら男は月になる。結婚だけでも四回、さらに数え切れないほど恋をしたマリアの相手は、いずれもひとかどの男たちだったが、エネルギーではいつもマリアに圧倒され、彼女に喜んで奉仕した。

太陽はまた、どんな宝石の輝きにも負けることはない。

マリアは並外れたヴォリュームと強烈な個性をもった宝飾品を熱愛した。

「もしも私がこういうものを身に付けなかったら、いったい誰が身に着けるというの」と昂然《こうぜん》と言い放つマリアに抗う者はなく、皆が深く納得してしまうのだった。

普通なら放縦《ほうしょう》とか驕慢《きょうまん》とか我儘とか不遜とか非難されたようなことを、魅力や美徳にしてしまう魔力が、マリアには備わっていた。これも太陽の祝福である。天真爛漫《らんまん》という言葉はマリアのためにあるのだろう。彼女は企《たくら》みも策も構えもなく、ただ絶妙のバランス感覚に身を任せて、あるがままに生き抜いた。こういうしなやかな自然体こそが聡明さの理想型なのだ。

そして、「華」と同様に「聡明さ」も成熟によって磨きがかかり、輝きを増していく。そんな本物の大人のいい女になってこそ、本物の宝石とも対抗できるのだ。

# 熟年カップルが似合う風景

五十代から林住期と称して仕事をスローダウンさせた私は、カナダのバンクーバーに設けた林住庵で年の数カ月は悠々と晴耕雨読の日々を過ごしてきた。

ここでは毎日のように森を歩く。何しろ住宅地の真ん中に鬱蒼《うっそう》とした森が泰然と生き続けている町なのだ。原始のままが原則で一木一草手をつけてはならないことになっているが、歩道と道標だけは完備しているから自由に散歩できる。

それでも女一人では危ないこともあると言って、いつもエスコートしてくれるのが鹿児島出身の快男児チャーリー赤崎さんだ。それだけではない。車の運転、バーベキューの采配、パーティーの酒番、そして次々不具合が生じる家や器具の修理などなど、「男手」を要することが目白押しで、赤崎さん無しでは成り立たないバンクーバー生活である。

その赤崎さんが数年前眼底と肺のがんで余命数カ月と言われたときは肝を冷やしたものだ。日本の病院のほうが信頼できそうだと帰国したらかえって病状が悪化したが、かくなるうえは大自然の摂理に任せると腹を据《す》えてカナダに戻った彼は、家族の愛情と海や森の優しい抱擁の中でみるみる元気を取り戻し、奇跡の生還を果たしたのだった。さすがに仕事は控えて林住期入りだから、私にとってはいよいよ好都合である。

いつも快くご主人を貸し出して下さる邦子夫人も休日には森歩きに加わり、チャーリーさんは「両手にウバ桜も悪くない」とご機嫌だ。

今や家計を支えるのはJTB勤務の邦子さんだが、カナダは男女の役割分担意識が薄いし、会社より家庭、仕事より余暇が主役の国だから、彼の存在感はいささかも揺るがない。

赤崎夫妻の強くしなやかなパートナーシップの前では、独り者の自由がいさささか色褪せて感じられ、私もやはり自家用の相棒を確保すべきだったと、遅ればせながら悔やむのである。

赤崎夫妻に限らず、バンクーバーの風景には熟年カップルがよく似合う。カヤックで月夜の海に漕ぎだしたときは、意外に重い櫂《かい》を一人で懸命に動かしている私の横を、銀髪の夫婦が見事にシンクロした櫂さばきでスイスイ軽やかに追い越していくのが口惜しいほど格好よかった。

隣家の庭で孫たちに手伝わせながらクリスマスの飾りつけに励む夫婦の姿は、そのままクリスマス・カードになるくらい祝福に溢れている。

ファーマーズ・マーケットでは二人がかりで提げた大きな籠いっぱいに新鮮な有機野菜を買い込んで料理の相談に熱中しているカップルから、その健康で仕合わせな食卓が透けて見え、私まで食欲がわいてくる。

先日バンクーバーで古稀を迎えた私は、盛大な祝いの席で、「来世ではいい相棒をゲットしてここに舞い戻ります」と宣言した。

# 話し上手、聞き上手

欧米でフォーマルなパーティーに招かれるときは今でもかなり緊張する。欧米といっても英国の王宮やフランスのシャトーに招かれたりする身分ではないから、せいぜい外交公館かブルジョアの邸宅どまりだが、それでも結構ものものしくて気が抜けない。

まず蠟《ろう》で封印された荘重な招待状が届くので、間違いのないように予定を調べて速やかに出欠の返事をしなければならない。電話でいいのだが、応答する家令か秘書が不気味なほど慇懃《いんぎん》で気圧《けお》されたりする。

日本ではもともと親しい知己を集める同じ穴の狢《むじな》パーティーが多いが、あちらは知らない人を出会わせるミクシング・パーティーが多く、その客の選定こそがパーティー主催者にとっては何よりも重要なことで、一人ひとりの格や特徴や他の客との相性などをホスト夫婦で慎重に検討して招待者名簿を作り上げるのだ。

日本的感覚では招待されたら、他にどなたがいらっしゃるのですかと訊《き》きたくなるのだが、あちらではそれは失礼なこととされている。パーティーの顔触れの良し悪しはホスト夫妻の趣味や人脈の質にかかっているのだから、彼らを信じるか信じないかで出欠を選び、信じることにしたら、闇鍋《やみなべ》をご馳走になるつもりで彼らに賭けるのである。

私は枯れ木も山の賑わいで適当に招かれたわけではなく、招くだけの意味があって選ばれたのだ。だから、その期待に応えて、あの人を招いてよかったと思わせる客にならなければならない。手土産などは不要だが、どうしても何か贈りたければ前日までに花でも届けておけばいいだろう。何より大事なのは自分自身のプレゼンテーションなのだ。

私が何者であるかを臆さずアピールし、私ならではの話題で座を盛り上げ、面白い人に出会えたと喜ばれることこそが、招き主への一番のお礼なのである。そこまでできなければ、せめて人の話に深く耳を傾けて絶妙な合いの手を入れたり効果的な質問をしたりする聞き上手として人の心を捉えるのもいいだろう。

しかしただニコニコしているだけの壁の花では、どんなに完璧に着飾った美女だろうと、あんな詰まらない人を招《よ》ぶんじゃなかったと冷たくバツ印をつけられ、二度とお呼びはかからない。

ただし、あちらのパーティーは夫婦単位だから、頼もしい夫が活躍してくれれば、内気で無口なニコニコ妻でもサバイバルできる。

ほんとは私も引っ込み思案で人見知りの強い赤面恐怖症の女の子だったのに、誰も守ってくれないから、無理してしゃべるしかないのよねと、パーティーで一生懸命背伸びしながら密かに僻《ひが》んでいるのだ。

# 不倫の恋もあったけれど

中高年の離婚が増えていると聞くと、「まあ、仕方ないじゃない」という思いと「でも、もったいないなあ」という思いが交錯する。

若いカップルが失敗に気付いたのなら、さっさと別れて再出発したほうがいいと思うが、何十年も一緒に暮らしてきた夫婦の別れは、あまりに捨てるものが多過ぎる。それがどうしようもないゴミだけだとは、とても思えない。人は慣れたものを粗末にしがちだが、大事に使い込めば、いつかは骨董として輝きを増すかもしれないのにもったいないことである。

私の両親は父の愛人問題で幾度も離婚の危機に瀕したものの、結局は添い遂げて、晩年は食事はもちろん、旅、オペラ、映画その他なんでも共に楽しむほんとうに睦まじい夫婦生活だった。父を優しく看取ってから数年後にその後を追った母が残した日記には、なんといっても彼くらいツーカーで話が通じて趣味の合う相棒は他に望めない、いろいろ苦労させられたけど、やはり一緒にいてよかったというような記述があって、私も嬉しかった。

世の奥様方には申し訳ないが、恋多き父の遺伝子のせいか、私にも不倫の恋が少なくなかった。盗人猛々《ぬすっとたけだけ》しい言いぐさかもしれないが、不倫もたけなわの頃には、相手の奥さんなど、女としてはとても愛人の敵ではない。

ある女流作家が女房持ちの編集者との恋に狂っていたとき、別の女流作家に「あの人ったら、連日夜更けに彼の家に電話して何時間も電話を切らせずしゃべり続けるんだって。彼が奥さんを抱くのが耐えられなくて邪魔してるのよ。でもさ、深夜にセックスするとは限らないのにね。夫婦だったら朝だってできるわ」と嗤《わら》われていたが、それ程純情でもない私は、夫婦の惰性的なセックスなんて浮世の義理に過ぎないと思って気にしなかった。

不倫の恋の場合、少なくとも女の魅力では、古女房よりも愛人のほうが明らかに優位に立っている。愛人のほうが新鮮でセクシーで話も面白いからこそ彼が夢中になっているのだ。

しかしそれくらいのことで勝ち誇ってはいられない。

子供をはじめ親戚やファミリー・フレンド、住み慣れた家や丹精した庭、舌に馴染んだ家庭料理、そして旅や宴やさまざまな楽しい記憶やフォトアルバムなどなど、長年一緒に育て上げてきた夫婦の共有資産ほど、愛人にとって鬱陶しい存在はない。

その価値を信じて大切に守りながら、じっと静かに嵐の過ぎるのを待つ聡明な妻というのが、一番手ごわいのである。何しろ情熱は燃え尽きやすく、長期戦には弱いのだ。

妻が嫉妬に狂ってキャンキャン醜く騒ぎ立ててくれれば、敵失《てきしつ》に乗じて夫を奪い取るチャンスもある。彼を奪えばその鬱陶しかった共有資産もかなり崩壊することになるだろうが、崩壊してから男はその価値に気付いて悔やむことが多いのだ。

「でも壊れても惜しくない、砂漠のように荒涼とした家庭も多いのよ。企業にいいとこ取りされた搾りかすみたいな夫と、子供にふりまわされてボロボロの妻が、別れては暮らせないというだけで嫌々ながら繋がっていたりするんだから」という声もあり、たしかに一概には言えないと思うのだが、ともかく夫婦の歴史は人生の一部であり、よくも悪くも頭から否定することはできないのである。

そんな砂漠夫婦だって、夫が退職し子供が巣立ち双方に暮らしを楽しむゆとりができた頃には、意外に気持ちのよいオアシスとして家庭を見直せるかもしれない。ましてや大過なく快適に営まれてきた家庭なら、そこに蓄積されてきた智恵や習慣や思い出や人間関係は膨大なもので、限りある残り時間やエネルギーで再び形成するのは不可能な人生資産だといっていい。

もし離婚でもした場合、金や物は分けることができても、人生資産のほとんどは分割するのが難しく、儚《はかな》くゴミになり果てることになる。

リユース、リサイクルが叫ばれる時代なのだから、邪魔だと思っても捨てる前にきちっと「分別」して生かせるものは生かしたいものではないか。粗大ゴミだって見直せば結構使い物になることが多い。それを全部かなぐり捨てたいという衝動に身を任せた離婚が多いから、私はつい「もったいない」と思ってしまうのだ。しかしまた別の「もったいない」もある。

こんなにいい女がどうしてあんな詰まらない男に捕まってしまったのだろうとか、こんなに立派な男がなぜあんな嫌な女を選んだのだろうとか唖然として、ああもったいないと思わずにはいられない夫婦が少なくないのである。そんな夫婦なら離婚をそそのかしたくもなるが、男と女の結びつきというのは一筋縄ではいかない摩訶不思議なものなのだ。

こんな二人が結婚したこと自体が間違いだと思われるミスマッチ夫婦にもちゃんと子供が生まれて、その子供が世界を変えることだってあるのだから、傍でトヤカクいうことではないのかもしれない。

とはいえ結婚相手がとんでもない悪妻だとか粗夫だとか気付いても別れられないまま年をとっていく人を見るのは痛ましい。悪妻の夫なら会社を根城に仕事を生き甲斐にするのも悪くないし、マイホーム・パパより仕事の鬼のほうが出世して悪妻もハッピーかもしれない。

しかし粗夫の妻には逃げ場がないし、夫がこけたら共倒れだから無事勤め上げられるように、せっせと内助に励むしかない。それで定年を迎えた途端に待ってましたと妻が反乱を起こし、退職金をもぎ取って離婚するのが、流行りの熟年離婚の主流らしい。彼女の気持ちはわかるから、無理もないなあと思いながらも、これからゆったり暮らせるとホッとしたところで捨てられる旦那が気の毒で、離婚大賛成と励ますのもためらわれる。

もう「惻隠《そくいん》の情」というのは流行らないご時世らしいが、できることなら古亭主と古女房が心機一転これからも、いやこれからこそ、本当によく熟れた滋味溢れる結婚生活を楽しんでほしい。たいていのことは人と分かち合うことで増幅するから、楽しみを独り占めしてもつまらない。人生の果実を味わう熟年期こそ、最も伴侶の存在に意味がある季節なのである。

# 周囲を驚かせた四十五歳での結婚

確信犯的な未婚の母として、夫は要らないが子供だけ欲しいという非婚主義者だと誤解されることが多い私なので、こんなに結婚を擁護するのを意外に思われるかもしれない。

しかし私は結婚退社の規定がある会社をやめたくなかったから、取りあえず当時は今より年齢制限のきびしかった出産だけこっそり先に済ませておくという無茶をしただけで、できることなら結婚だってしたかった。

結婚するしないは個人の選択の問題だが、私自身は浅く広い人間関係より一蓮托生の深い関わり合いが好きだし、子供の頃から家庭の居心地が一番だったから、明らかに結婚向きだと早くから自覚していた。それなのにサイコロは逆に逆にと転がって、放浪のシングルマザーのまま三十代を終え、四十代初めには同年齢の妻子ある人との恋にのめりこんでいた。人目に怯まず猪突猛進の彼は周囲の危機感で欧州に飛ばされたが、頻繁にパリに通う私のもとに彼も任地から飛んでくるというミニ駆け落ち状態になってしまった。

このままでは家庭はもちろんキャリアだって崩壊してしまうという瀬戸際で、私は悩みに悩んでいた。若いときなら日本中を敵にして地の果てに追われようとも昂然と愛に殉じるだろうが、それぞれが重い責任を負った分別盛りなのだから、反省と未練に引き裂かれた私は、心身ともに今にも壊れそうだった。

そんなときたまたまパリで出会った十二歳も年下の青年から勇敢にもプロポーズされて電撃結婚し、寝耳に水の恋人をはじめすべての知人を驚き呆れさせたのが四十五歳のときである。

彼は博識で美意識が鋭く、非常に才能豊かな人だが、それだけにかなり難しい性格でもあり、ちょうど一番難しい年頃の子供たちとうまくいくはずはなく、我が家の人間環境にかなりのストレスを抱え込むことになってしまった。

しかし彼が父親になることを期待したわけではないし、四十代ともなればもっと優雅な暮らしを楽しもうと思っていた私のパートナーとしては申し分ないエピキュリアンが現れたわけだし、生きた百科事典が傍らにいるのは何かと便利だし、結構得るものも多い結婚だったのだ。

そしてやがて子供たちも巣立ち、これで一件落着かと思いきや、二人だけで向かい合うとかえって彼の存在が重くなってきた。何しろ重厚長大で何でも本格、本物でなければ気が済まず、骨董真空管を使う大音響のワグナーと林立するワインと一流料亭仕込みの凝った手料理の日々である。

「女子厨房に入るを禁ず」で、時分どきになると「今夜はディジョンとヴェニスと潮州と、何処の料理を作ろうか」といったご下問があるのだから、人には「いい御身分」と羨まれるが、「いい加減にしてよ、お茶漬けでいいわ」と言いたくもなるではないか。

五十過ぎたら引き算の美学で、極力身軽に簡素に風のように暮らしたいという私としては、まるで方向性が異なる彼とのお付き合いがしんどくなるばかりで、妻としては御暇を頂いて友達に戻りたいという思いが募るばかりだった。

しかしこれは私の身勝手だし、不倫の愛から脱出するスプリングボードになってもらったという負い目もあるし、私なんかと結婚しなければもっと若い妻を得て自分の子供だって持てたかもしれないと思うと心咎めるし、強引な別れで彼を傷つけることだけは避けたいと思った。

# 熟れた柿が落ちるように離婚して友人に

私もかつて一方的に別れを強いられ死にたいほど傷ついたことがある。一度あの痛みを知ってしまったら、他者の痛みだって恐ろしい。びりびり乱暴に皮を引き剥がす血まみれの離婚ではなく、繊細な指使いでヘリのほうからじわじわとゆっくり剥がしていく無痛離婚にしたかった。

それで、一緒にいるより友達に戻ったほうがより快適だということを、彼が心から納得してくれるまで気長に待とうと思い、バンクーバーに別宅、横浜に仕事場があるのを幸い、それを棲み分ける三都物語で、だんだんと別居に慣らして行ったのである。彼も鈍感な人ではないから、私の気持ちはわかっていても、すぐには気持ちの整理がつかないだろう。また私とも仲良しの義母にショックを与えるのもためらわれた。だから彼女が生きている間は別れないというのは私たちの暗黙の了解事項だったのだ。

義母が亡くなって間もなく、熟れた柿が落ちるように離婚が成立し、十年以上かけて着々とイメージを強化してきた友達付き合いに、なめらかに移行した。

手間暇かけたおかげで、二人が楽しく共有した時間の記憶も人間関係も、何一つゴミ袋に突っ込まないで済み、夫婦時代のいいとこ取りをしたような友人関係を穏やかに楽しんでいる。

結婚したときに二人共通のYKのイニシャルを入れたディナー・セットを二十人分作り、離婚するときは山分けだよと冗談で指きりしたのが現実になって十人分ずつに分けたが、お互いに客が多いので、数が足りないときは貸し借りするし、難しい料理を作るときは、助っ人として駆けつけてくれる。

極めて健康で病気に関する経験も教養もない桐島ファミリーに引き換え、多少は病気を知っている彼は病人の痛みがわかり、私が旅先で病気になったときは空港に駆けつけて私を自宅に連れ帰り一週間、完全看護してくれた。彼に何ごとかあったら、私もほったらかしにはできないではないか。

彼も独り暮らしが気にいって悠々自適しているが、友達は多いから、自立ではあっても孤立ではない。こういう自立した生活者が緩やかに連帯するネットワークや共同体を組織するのが私の七十代の野心で、現在自宅で開いている大人の寺子屋「森羅塾」も、その一環だと思っている。

また、森と海と山を望むバンクーバーの別宅「林住庵」で一週間合宿し、大自然の逍遥《しょうよう》や食べ歩きやホームパーティーを一緒に楽しむ「林住塾」も年に数回開催している。夫婦の参加もあって、家庭間交流のコツが摑め、狭いマイホームの枠が広がったと喜ばれている。

旅行やパーティーには友情の編集機能があるので、人見知りしないで取りあえず付き合っているうちに自然淘汰が進み、次第に終の棲家ならぬ終の人間関係が形成されていくのだろう。赤信号一緒に渡れば怖くないというが、年だって一緒にとれば怖くない。よほど強靭な人なら敢えて孤立を選ぶのもいいが、私は謙虚に人間の弱さを認めて、優しく楽しく援け合う老後を選びたい。

第3章

# 本物の贅沢とは

# バンクーバーには、本物の贅沢がある

森羅塾ができたのはいいけれど、塾長たるもの、東京を長くは留守にできなくなり、バンクーバー林住庵がだんだん遠くなる。

これが予想以上に辛いことで、夏が近付くと身体中の細胞がそわそわと浮き足立って西に靡《なび》き始めたが、まるでそれを察したようにバンクーバーがそのまま魔法の絨毯《じゅうたん》に乗って飛んできて森羅塾を占拠してくれたような嬉しいイベントがあった。カナダ育ちの新進ハーピスト大竹香織さんのコンサートである。

彼女の母上の加代さんは、私のバンクーバー暮らしになくてはならない頼もしい親友だ。もとはといえば私の『マザー・グースと三匹の子豚たち』を読んだのが海外移住のきっかけだったそうだから、著者としては責任重大だが、幸い彼女の二匹の子豚はカナダの水が合ってのびのびと素質を伸ばし、素晴らしい音楽家に成長してくれた。

大竹母娘は東京滞在中、立派なハープともども我が家にお泊まりだったので、朝から晩まで練習に励む香織さんの真摯《しんし》な姿と冴えた音響に刺激されて、怠惰な私も頭の弦を締め直したように原稿書きがはかどった。

また、大竹さんによって山ほど運ばれてきたカナダの食材を駆使した大盤振る舞いの宴の日々で、日本ではさび付きがちなパーティー・スキルもみるみる息を吹き返す。バンクーバー生活経験者に声をかけた「望郷」パーティーには、歴代総領事三人をはじめ外交官とか商社マンとか筋金入りの国際人ばかり三十人余りが集まって談論風発し、グローバルな薫風が頭を吹きわたる思いがした。

そして、そこには必ず香織さんの演奏が加わる。生の音楽を親しく共有する人間空間の濃密さを改めて実感し、こういうサロン・コンサートをときどき催して「これが本物の贅沢というものなんだ」と思える時間を体験していただくのも森羅塾の役目だろうと思った。

しかし、これだけはやはりバンクーバーでなければという本物の贅沢もある。だからやはり私はバンクーバーを諦めず、この夏も森羅塾の講座の合間を縫って二回あちらへ飛び、それぞれ二週間、林住庵でその贅沢を満喫する夏休みを過ごすことにした。ここで一番の贅沢はリラックスである。だからなんにもしなければいいのに、オイシイものは食べて食べてと誰かにお裾《すそ》分けしなければ気が済まないという困った性分で、いつも人を呼び寄せたくなる。

今回も森羅塾から希望者を募り、数人を迎えてリブイン林住塾を催すことにした。あちこち巡り歩く欲張りツアーとは対照的に、一箇所に落ち着いて緩やかなときの流れを深々といとおしむ大人の休日だ。

# 神秘みなぎる森林浴がほしいまま

森羅塾のカナダ版、バンクーバーのリブイン林住塾は多くても三、四人の塾生を相手に改まった講義などできないから、暮らしを共にしながらさまざまな経験をすること自体を講座と捉えていただくしかない。

一応もっともらしく分類すれば、食文化、住文化、景観学、環境問題、人類学、植物学、異文化コミュニケーション、健康法、気功、瞑想、スピリチュアリズムなどが流動的に網羅されていると言っていいだろう。

或る一日を例にすると、起床は自由、朝食はキッチンに用意してあるオーガニックな自然健康食ビュッフェで各自お好きな時間に。

天気がよければ、十時頃、散歩に出発。ここでは自然景観の美しさはもちろんだが、建ち並ぶ家々が、それぞれ住人の人生に想像力を膨らませるほどの個性を発揮しながらも周囲と渾然《こんぜん》と調和する町並みの魅力に飽きることがない。しかもそんな住宅地から突然深い森に歩み込むことができるのだ。遊歩道だけはしっかり作られているが、あとは全く自然のままの原始林だから、まるでタイムスリップしたように文明から解き放たれる。樹木が発するフィトンチッドによるアロマテラピー効果をはじめ森は癒しの宝庫で、メリメリと心身が活性化し、免疫力が上がるのは明らかだ。

この神秘みなぎる森林浴をほしいままにできることこそが、バンクーバーの一番の贅沢かもしれない。そこで私に多少心得のある樹林気功や瞑想を一緒にしているうちに、スピリチュアルな目覚めを得た方もある。日本のスピリチュアル・ブームは何か依存的で感心しないが、大自然と一体化することで内なるサムシング・グレートを感知できたら素晴らしい。

散歩の後のランチはその日の気分次第で、飲茶に行ったり寿司をつまんだり。今日はアフガニスタン系のカレー屋で茄子やカリフラワーのカレーとライスをクレープで包んだロッティー・ロールと豆のスープをテイクアウトして、海辺の木陰でピクニックだ。

午後は私は家で原稿書き。塾生は自由行動。

夜はどこかのお宅のバーベキューに招かれたり、皆で買い出しと料理をしてウチで食べたりすることもあるが、インターナショナルな食べ歩きが一番の呼び物だ。中でも人気は中国料理で、私が選ぶ献立の定番は活き車海老の白茹で、活き蟹のぶつ切り炒め豆鼓《トウチ》ソース、北京ダック、活き石持ちの尾頭付き香草蒸し、椒塩《ジャオイエン》豆腐、豆苗炒め、エトセトラ。

「活」というのがただ新鮮なのとは違って、ビンビン暴れているのを客に見せてから料理するのがルールだから、直接命が雪崩《なだ》れ込んでくるようで、申し訳ないけど最高に美味しい。

# エイジングは神の祝福

森羅塾を開いてからは東京を留守にしにくくて長いご無沙汰だったバンクーバーに、半年ぶりで舞い戻って来た。この冬は未曾有《みぞう》の大雪で我が林住庵にもいろいろ被害があったので、その修復の点検や支払いなど、あまり嬉しくない用事が山積みだが、それでもやはり嬉しくてたまらない里帰りである。

思えばバンクーバーに家を買ってからもう二十年。七十一年の人生に三十数回引っ越しを繰り返してきた遊牧民の私にとって、二十年も一つ家を維持し続けるのは空前絶後のことだ。

家具もカーテンも食器も鍋も冷蔵庫も洗濯機もテレビも初めに買ったままだし、衣服もそのとき日本では流行遅れになったものを持ってきて今なお着ているのだから、ここでは時間が止まっているようなものである。自然だけは律儀に時を刻んで変貌していくが、四季を一巡すればまた桜が咲き、新緑がわき立ち、紅葉が燃え上がるのだから、別れの哀しみはない。

秋の落葉を初めは寂しいと思ったが、林住庵の窓から望む枯木立《かれこだち》の向こうに夏は繁みに隠されていた景色がゾワッと現れ、海も倍ぐらいに広がるのを知ってからは、冬を迎えるのも楽しみになった。そして人生も同じだということを、年を重ねるほどにしみじみと実感する。過剰な仕事や付き合いから解放され、余計な欲や見栄やこだわりが抜け落ちていくと、本当に好きなもの、生涯大切にするべきものが、瞳を洗われるようによく見えてくる。

エイジングは神の祝福なのだから、アンチ・エイジングだのなんのと、あんまり若さにしがみついたりシャカリキに頑張ったりしないほうがいいと私は思う。

エイジングといえば、五十代から始めた骨董収集は、お金も置き場所もなくなったところで卒業したが、最近またぼちぼち買っているものがある。それはいずれも古美術の範疇《はんちゅう》には属さない実用品で、新品よりもはるかに安いのに、使い勝手はずっといいスグレモノなのだ。

空港から我が家に向かう途中に八十幾つのマダムが取り仕切る小さな骨董屋があり、ここを覗くたびに必ず何かしら獲物を持ち帰ることになる。このマダムが痛快に馬鹿正直で、自分の商品にさんざん難癖をつけてなかなか売ってくれないが、その長口舌《ちょうこうぜつ》さえ我慢していれば、値切るまでもなくどんどん値引きしてくれるのだ。

今回もバンクーバーに到着するなり、その足で立ち寄ったら「随分ご無沙汰だから、まだ生きているのかと心配してたのよ」とこちらが言いたいことを先に言われてしまった。

今回の買い物は、以前から欲しいと思いながら高くて手が出なかった赤銅のキッチン・ウェアばかりで、煮込み料理などに絶好の深い筒形の鍋と、クレープを焼きたくなる平鍋と、大きなプディングなどを作る型の三点セットである。

多分私の亡母が生まれた頃のもので、かなりよく使い込まれたことが歴然の貫禄がいかにも頼もしい。古本屋で昔の料理本を見つけて、懐かしい古典料理にも挑戦してみようという意欲が湧いてきた。

前回に買ったシルバーの豪奢《しゃ》な蓋付き大皿と、猫足付きのポットやミルクジャーが恭《うやうや》しい風情で銀盆上に勢ぞろいしたティー・サービス・セットも、満を持して出番を待っている。

# 時間の質を決めるもの

年をとるほど時間が加速するというのは熟年仲間の共通認識だが、忙しい日と暇な日と、どちらが時の流れが速いかでは意見が分かれる。私は後者に属し、なんの用事も無くただ茫々《ぼうぼう》と過ごしていると、アッという間に一日が終わってしまう。とりとめのないノッペラボウの時間よりも、いろんな用事が立て込んだ時間のほうが、鬱蒼《うっそう》と繁る森のように存在感があるということなのだろう。

だから残り時間を惜しむ身としては忙しく暮らすほうがトクなのだと、怠け者の私も遅ればせながら気付き、これからは「貧乏暇なし」に感謝することにした。もう忙しいなんて文句は言うまいと思う。

それにしてもこの一カ月は忙しかった。仕事も旅も多かったうえに、急な引っ越しが加わったのである。森羅塾兼用の住居ということで見つけるのに大変な苦労をした中目黒の貸家は、初めから二年という期限付きだったから、あと一年で明け渡さなければならない。そのときまた適当な家に出合えるだろうかと心配していたら、隣組にお誂《あつら》え向きの家が空いたので、この際、さっさと引っ越してしまおうということになったのである。

近いから簡単だろうと甘くみてあまり時間を作らなかったら、やはり引っ越しは引っ越しで手間暇に変わりはなく、足りない時間を寝ずにひねり出すしかなくなった。連日徹夜の重労働というのは何十年ぶりだろう。

「なせばなる！」なんて言葉も久しぶりに使ってしゃにむに頑張って遂に作業を終えた朝、そのまま着替えもせずに成田空港に駆けつけた。今年も春から夏にかけてバンクーバーの家、林住庵で開催する「リブイン林住塾」の第一回がこの日からで、二人の参加者と一緒に出発するのだ。塾長兼ツアー・コンダクターが遅れるわけにはいかないではないか。

無事間に合ってホッとして、まだちょっと時間があるからコンコースにあるマッサージ椅子でごちごちの肩腰を少しでもほぐそうとしたら、たちまち睡魔に襲われた。これはヤバイと跳ね起きて搭乗口に進み、着席してシートベルトを締めるなり爆睡。夢と雲に抱かれた快適な飛行は、エコノミークラス症候群などあらばこそで、今までになく速やかにバンクーバーに到着した。

ここですべてがリセットされ、爽やかな光とみずみずしい緑が溢《あふ》れるバンクーバーの朝が始まる。家に荷物を運び入れ、顔を洗ってから近くのレストランでブランチをとったあと、果物や牛乳など当座に要るものだけ買っておこうと自然食スーパーに立ち寄ると、店先が春の花で埋まっている。

「そうだ、林住庵に戻ってくると、いつも真っ先に花を買うのよ。好きな花を選んでくださらない」と、皆でわいわい花選び。かつては花より団子、花より本、花よりボーイフレンドだった私も、今では花が一番愛おしい。

花の生命の儚《はかな》さほど時間の容赦なさを如実に感じさせるものはないが、自分の残り時間を意識する年代になると、そこに儚いけれど美しい花時間をいささかでも投影させたいと願ったりするのだろう。

忙しかった東京とは対照的に長閑《のどか》なバンクーバーでは、花盛りの森をゆっくりと散策するように快い時間が緩やかに流れていく。

暇な一日はアッという間に過ぎてしまうから忙しいほうが時間の存在感があってトクだと書いたばかりだが、これには訂正が必要だ。

時間の質は、忙しいか忙しくないかではなく、そこにみなぎる使命感、充実感、幸福感などによって決まるのだろう。

多忙でも閑雅《かんが》でもいいが、ともかく虚しい時間だけは過ごしたくない。散るまで美しい花のように、意味ある生を全うしたいものである。

# リサイクルは常識

駅弁の蓋についたご飯粒をきちんと食べている人を見るとホッとする。私の世代は、ものを無駄にすることに罪悪感がつきまとうので、ホテルの大宴会で立派なご馳走がいっぱい残っていたり、ゴミ袋に充分使えそうな物が邪険に突っ込まれていたりするのを見るたびに心が痛む。その点では、リサイクルが定着しているカナダの暮らしのほうが、精神衛生上ラクなのだ。

外食をしたとき、食べきれなかったものは当然家に持ち帰る。かつてはドギー・バッグ、つまり飼い犬へのお土産と称する習慣もあったが、今やそんな気取りもあらばこそ、堂々とテイクアウトするのが常識だ。

日本では「万一のことがあるといけませんので」とやんわり断られたりする。

食中毒でも起こされたら店の名に傷がつくという心配だろうが、それは腐らせてから食べるバカな客の自己責任ではないか。そもそも人間には食物を見て嗅《か》いで舐《な》めてその良否を判断し、もし間違っても吐き出したり下痢したりして異物を排除するシステムが備わっているはずなのだ。

文明には余計なお世話が多過ぎて、そのシステムも衰弱の一途だが、私は幸い野蛮なままだから、今どきの「賞味期限」などというものに呪縛されることもなく、自分の五感を信頼して食物の安全を確かめる。なんの不都合もない食物を賞味期限切れというだけでさっさと廃棄する罰当たりたちは、タイムマシーンに乗せて飢餓の時代に放り込んでやりたい。

衣服にしても「お古」「お下がり」は喜ばれず、子供たちまで流行に目の色変える世の中だが、私のまわりではちょっとした古着ブームが巻き起こっている。バンクーバーには救世軍などが経営するリサイクル・ショップが方々にあり、ものの弾みで一度覗いてみたら、その品揃えの豊かさと値段の安さに驚嘆して、すっかりはまってしまった。

何しろ皮コート二千円、ジャケット八百円、セーター四百円といった世界だから、ほとんど懐に響かない。ボランティア組織が回収した不用品で仕入れはタダだから、いくらでも安く売れるわけだし、品物はきちんと仕分けして傷物・汚れ物などは屑布として工場などに回し、売って恥ずかしくないものだけを選んであるので、なまじの新品より品質がいい。

その店がある地域の住民のレベルを反映することが多く、高級住宅街の近くなら贅沢な人種が寄付したのであろうブランド物も少なくない。日本から来る友達を連れて行くと、皆感動してばさばさ買い捲《まく》る。安いだけでも嬉しいのに、払った代金は難民援護などの資金になるのだから実に気分のいい買い物なのだ。

帽子が二百円、コーデュロイのジャケットが七百円、皮のショート・ブーツが五百円の合計千四百円ほどで揃えた散歩ウェアである。

森を歩くと、これこそリサイクルの総本山という感じで、あちこちに倒れ朽ちて苔むした樹木を土台にしてみずみずしい緑を茂らせている若木とか、生命の循環を実感する光景が溢れ、老いも死もその一環としてポジティヴに納得できる。

森の出口には大きな不用品ポストが並んでいた。私の服もここの出身かもしれない。

# 旅は世につれトシにつれ

若い頃は一人旅が好きだった。もちろん仲間とわいわいも楽しいが、初めての土地や人と出会う感動をいくら独り占めにしても、どんどん消化し栄養にしてしまう貪欲さがあったのだ。

次の時代は明日をも知れぬ荒々しい放浪期で、苦しいことがいっぱいだったから、道連れはほしくなかった。

苦しみや悲しみは、誰かが分担すれば半減するかと思ったら大間違いで、その相手の苦しさまで思いやらなければならないからかえって辛さが増す。つまり一人旅のほうがまだしも気がらくなのだ。

やがて人生が順風に乗り始め、楽しい旅ができるようになってからは、一人旅では詰まらなくなった。

「わあ、綺麗」「なんて美味しいの」「凄く面白いわ」「最高じゃない」と顔見合わせて、仕合わせを確かめ合える道連れがあったほうがいい。楽しみは分かつ相手があれば倍加するのだから。

古稀を過ぎてもう「見るべきものは見つ」という境地に入ると、後に続く旅人たちに、あれも見せたい、これも見せたいという気持ちが強くなってきた。特に私が「林住期」の基地に選んだバンクーバーでは、日本から訪れる人々と一緒に森を歩き、街を巡り、山に登り、海に漕ぎ出し、島に渡り、店を回り、美味を堪能し、友人を訪ね、この街の魅力を知ってもらおうと躍起になって案内に励むのだ。

私はもう数え切れないほど行っているところなのに飽きることがない。それどころか、その度に感動が増すのは、眼をみはり歓声を上げて喜んでくれる旅人のお陰なのだろう。

人目のシャワーが人や家を磨き美しくするのだから、億劫《おっくう》がらずにもっと人を招いてパーティーをしようというのが私の持論だが、これは土地についても言えることだと思う。

ただし、自然や文化の懐が浅い場所では、たちまち観光化に踏み荒らされて堕落してしまう恐れがある。パリがあれほど世界中から旅人が押しかけてもびくともせずに本来のパリであり続けるのは盤石の文化の蓄積あってこそだろう。

観光化に飲み込まれないのはカナダも同じで、自然の懐の深さが半端ではなく、その恵みは汲めども尽きないから、もっともっと人に来てほしいし、この豊かな自然環境に育まれた健康な生活文化や、さまざまな民族のアイデンティティーがモザイク状に共存するしなやかな国際性も、カナダの大きな魅力として、ぜひ体験していただきたい。

そう思っても私が直接案内して歩ける人数は知れているので、私の知識と体験と感覚を結集した『バンクーバーに恋をする』(角川SSコミュニケーションズ)を刊行した。

私が熟知したバンクーバーとその周辺について、成熟した年代の旅仲間に語りかけるつもりで書いた本である。

久しぶりの書き下ろしを果たした自分へのご褒美として、これからフィンランド旅行に出発する。

娘のノエル、孫のケイリン、それから森羅塾の塾生五人が道連れだ。かつてノエルを胎内に隠した秘密出産大旅行の途次に初めて訪れてから四十三年目のフィンランドである。

オーロラ、クリスマス村、犬やトナカイの橇《そり》などなど初めての体験が目白押しで、子供のようにわくわくしてしまう。

# パリの豪遊

不況というのは凄いお呪《まじな》いである。不況、不況と唱える度に、「開け胡麻《ごま》」の反対みたいに、財布の口が閉まり、笑顔も、チャンスも、楽しみも閉ざされていく。

この連鎖を断ち切る消費刺激策が望まれるが、悪評さくさくの定額給付金給付なんて、馬鹿殿サマが天守閣から小判をばら撒くようなもので、桜の花びらのように儚《はかな》く消えるだけだろう。

自分もちゃんと受け取って、すぐさましかるべく消費すると殿サマは仰せだが、コドモの小遣いみたいな交付金を貰うまでもなく、金持ちはさっさとジャンジャンお金を使えばいいじゃない。

そうムカついたあまり、金持ちでもない私がなけなしの金をはたいて一世一代の豪遊をしようと思い立ったのだ。パリ五泊、ヴェニス、ミラノ二泊ずつのヨーロッパ十日間である。旅行業界も冷え切って、高級ホテルやレストランも閑古鳥が鳴いているらしいから、貧者の一灯でもいささかの励ましになるかと思って……なんてウソ。今ならユーロが安いし、サービィスもいいだろうと思っただけだ。

いや、しかし、貧乏性は変えられないですね。豪遊を志してもやはりまともに高い航空券を買う気はしない。二、三割高いだけなら、「もう、それくらい贅沢していい年じゃないの」と自分を説得できるけど、今回日本航空で調べたらヨーロッパ往復のファーストクラス正規運賃が約二百万円、エグゼクティブクラスが約百万円、そして私が買ったエコノミークラスのディスカウントなら十二万円ですよ。

ホテルはあのダイアナ妃もご愛用だったリッツに予約したけれど、それは最後の一泊だけで、他の四泊は日頃馴染みのサンジェルマン・デ・プレの小さな三ツ星ホテル。その四泊分とリッツの一泊分が同じ金額で怯《ひる》んだけれど、まあ一度は泊まってみていいホテルだと思う。

レストランはさすがに美食の都で、人気のある店は今日や明日ではなかなか予約がとれないが、今一番冴えているという評判のシェフの店が、「今晩七時半なら、たまたま一卓だけ空いている」という返事で、慌ててドレスアップして駆けつける。ラリックのグラスやモダンアートを配したシャープな内装はいい感じだが、サービィスが慇懃《いんぎん》無礼というかいちいち試されているようで寛げない。

まあその試験には完全に落第の客でしたけどね。

まず、食前酒は要らない、ワインも取らないなんて客は滅多にいないと思う。でも飲めないんだから仕方がないでしょ。露骨に「信じられなーい」なんて顔をしないでほしい。

さて、メニューを広げて愕然《がくぜん》。一流レストランなら料理だけで一人少なくとも二万円はかかるだろうと覚悟はしていたけれど、ここはデギュスタシオンという懐石風お任せコースが四万円余り。

とんでもないよとアラカルトに眼を移すが、フランス語だけだし、英語で説明して貰ってもよくわからない新しげな料理ばかりなのだ。それに何よりその値段のほうが気にかかる。前菜でも一万円以上だし、主菜は二万円前後だから、どう組み合わせたら一番安く上がるだろうと、豪遊志向など何処へやら。

前菜に「セロリーのなんとか」をとったら「今日はなんと最高の生トリュフが手に入ったので、この料理にたっぷり削りかけましょうかとシェフが提案しております」だって。

冗談じゃない。それでまたグンと高くなるだろうから「トリュフは要らない」と断ったら、また「信じられなーい」と悲鳴をあげんばかり。このレストランが満席なんだからいったい何が不況なのと、私も信じられない気分だった。

翌日はチュニジア人の安飯屋で大好物のクスクス。一番高いクスクス・ロワイヤルをとっても、値段は前夜のディナーの十五分の一だし、満足度は勝るとも劣らない。リッツだって安宿の四倍快適というわけではないし、別に金持ちを羨むこともなさそうだ。

でもお金持ちの皆様、どうぞメチャクチャ贅沢をして文化を守りつつ、不況に風穴を開けてくださいな。それが高貴な義務《ノブレス・オブリージュ》というものです。

# ああモッタイナイ……

自分の家では電気も水もきちんと節約するくせに、ホテルに泊まったりするとにわかに気が大きくなって、明かりもテレビも要らないときまでガンガン付けっ放し、余計な水もザアザア流し放題という人がいる。

ウチのものだろうがヨソのものだろうが、ともかく無駄遣いはモッタイナイというのがまともな感覚だと思うが、どうも近頃、日本の若年文化圏ではモッタイナイという言葉が死語になりつつあるらしい。

それでも自分の懐の痛みだけはわかるから、金を払うのでは惜しいけれど、タダならじゃんじゃん使わなければソンという浅ましい根性の連中が多くて困ってしまう。

本当にモッタイナイのは金よりも資源の無駄遣いのほうなのだ。金は天下のまわりものでウチから出ていってもヨソで役立つのだからまだいいけれど、資源は一度消費されたらそれっきりである。

資源の浪費は国家の損失であり、国民である自分自身の損失にもなるのだという認識ぐらいはあって、家の外でも節約を心掛ける人も少なくはない。しかし、そのせっかくの自覚が、国際的には働かず、外国に行った途端にバッとタガが外れて、遠慮会釈なく電気や水を無駄遣いしてしまう人がまた多いのである。

つまり日本人としての連帯意識まではあっても、それが人類としての連帯意識にまで広がらないのだ。

どこの国にもそれぞれの国家エゴがあるのは仕方がないとしても、私たちは日本人である前に人間であり、このちっぽけな星に生まれ合わせた一蓮托生の地球人である。地球人としての利害を考えるとき、国境などにこだわってはいられない。地球の資源を浪費したり自然を破壊したりするのは、人類全員の損害なのだ。

　そう理屈ではわかっていても、つい近視眼的に周囲の現実に流されてしまうのが人間の愚かしさで、たまたま自分が豊かだとすぐ地球人としての身の程を忘れ、いい気になって浪費に走ってしまう。

　だから今では日本も浪費大国として、先輩のアメリカに追い付き追い越す勢いだ。しかしこれはなんの名誉にもならないことである。食うや食わずで生き延びるのに必死の状態なら、自分のことしか考えないのもまあ仕方がないけれど、これだけ余裕のできた日本人が、地球全体への目配りと思いやりに欠けた浪費に走るのはいかにもふがいない。

　アメリカではさすがにかなり反省が出てきて、特にニューエイジと呼ばれる文化世代は、従来のアメリカ的大量消費社会を否定し、物質よりも精神的価値を重んじながら、自然を大切にするエコロジカルなライフスタイルを真面目に模索し実践している。そういう友達をカリフォルニアに訪ねたら、まるでかつての日本を思わせる質実剛健な暮らしぶりで、すっかりお株をとられた心持ちだった。

まだまだ少数派だとはいえ、先進国が本当に先進国たるべき方向性を鋭く摑んだ彼らの生き方を注目したい。

第4章

# 自分の身体にありがとう

# 散歩の心得

古稀を迎えてから健康法について訊かれることがいよいよ多くなった。七十年間ほとんど病気らしい病気を経験しないまま生きてきてしまったので、健康というのも水や空気のように当然自然に感じていたが、そろそろ急にガタがくるのかもしれないし、油断しないで謙虚に身体に向き直り、いろいろな角度から生活習慣を再検討して、最も健康な暮らし方を模索していこうと思う。

健康法に関して必ずある質問の一つは「どんな運動をしていますか」だが、実は私はスポーツに無関心、というよりスポーツ嫌いと言ったほうがいいかもしれない。運動神経が鈍いし、忍耐も競争も苦手だから、どうせ勝目はないものねという負け犬意識もあったが、バリバリの運動選手が意外に短命だったり、エクササイズ・マニアがジョギング中に急死したりすることが少なくないことに気が付いて、やっぱり無理に運動に励むことはなかったのだと安堵した。

もちろんある程度は運動したほうがいいことは確かだから、いろいろと訊いたり調べたり試したりしてみたが、わざわざ何かを習ったりジム通いしたり健康器具を備えたりしなくても、ウォーキングだけで充分だし、これが一番総合的でほどよい運動になるらしい。筋金入りの反車人間で、ついに免許も車も持つことなく歩け歩けで通してきた私にとっては、実に気分のいい結論だ。

私がいつでもさっと散歩に出られるように用意しておく十品目がある。

一、どの服の上にも羽織れる軽いベスト。その沢山のポケットには、ハンカチ、ティッシュ、小銭、ペン、パスモなどを常に入れてある。

二、アシックスのスエードのウォーキング・シューズ。少し爪先のほうが高くなっているので、これを履いて立ち上がると踵《かかと》に重心がかかってスキッと背筋が伸びるし、平らな道を歩いても多少坂を上がるような効果がある。

三、靴下は五本指ソックスを二枚重ねて履き、内側を皮膚に優しく、毒素を吸収する絹のものにする。

四は紫外線を遮断するツバ広の帽子、ベルトには五の万歩計と六の磁石をつけ、七の両手を自由にできる小ぶりのリュックサックには八ミネラル・ウォーターの小瓶、九文庫本と、十の地図を入れる。

森や海が近くにあるカナダならもちろんのことだが、東京でも極力自然を目指して歩くので、あちこちの公園と仲良しになった。排気ガスを吸いながら歩いては逆効果だから、車の往来が激しい大通りはできるだけ避けて、住宅街の狭い道をくねくねと進むので、よく何処にいるのかわからなくなり磁石や地図が役に立つ。神社に出合うと必ず参拝し古い神木の下で深呼吸するのも習慣になった。

力は丹田に集めて他はできるだけ空っぽの感じで軽やかに、両腕を大きく振って肩甲骨を動かしながら、できるだけ歩幅を大きく、スネに力を入れて早足でサッサッと歩く。

私は「ついで」主義の「ながら」族で、原稿だってテレビ見ながら書く人なので、散歩のついでにお祈りもしてしまう。カミサマをはじめ父祖、恩人から森羅万象まで次々と思い浮かべては「ありがとうございます」と心で唱えながら歩くのだ。

疲れたら無理に歩かず一休みするのも熟年の心得だ。公園の木陰で読む文庫本は、女学生時代のようにみずみずしく心に沁みる。

運動したばかりの身体は入ってくる食物を飢えた獣のように待ち構えてワッとばかりに燃やし尽くす態勢になっているそうだから、ダイエットには食後より食前に歩いたほうがいい。私は食事の支度をほぼ済ましてから散歩に出ることにしている。人参を鼻先にした馬のように足が弾むわけである。

# 減量への道

私は歩け歩けの散歩人間で、ウォーキングくらい自然で無理なく心身の健康維持に役立つ運動はないと思っている。しかしもちろんウォーキングが万能だというわけではない。

私は自分の健康状態にほぼ満足しながらも、もう少し体重を減らして身体を引き締めたいという願いだけはなかなか叶えられないままだった。現状維持ならウォーキングだけで充分だが、減量まではあまり期待できない。

何分私は自他共に認める食いしん坊だから、食に問題があるのは明らかだ。それで幾度となく悲壮な決意を固めては、断食をはじめさまざまなダイエット法を試みた。それがたいていはそれなりの成果をあげるのである。その気になれば三キロくらい確実に減らせるし、もう少し頑張れば五キロまではいく。

てきめんに身が軽くなり、きつかった服もスルリと入り、気分はルンルン、得意満面、「わーい、見て見て、五キロも減ったのよ。クリスマスの七面鳥がお腹から飛び去ったようなものじゃない。よくも今までそんなもの抱えていられたと我ながら呆れちゃうわよ」などと歓喜の嵐だが、この成功は長くは続かない。急激なダイエットで弾圧された食欲は、地下にもぐって反撃の機会を窺《うかが》うしたたかなゲリラ戦士なのだ。

こちらは飢えのストレスという爆薬を抱えているから、油断するとそれに火をつけられてドカ食いが始まり、あれよあれよというまにモトの木阿弥、いやそれどころかダイエット以前より体重が増えてしまうという虚しい結末も珍しくなかったのである。このリバウンドというのは、ほとんどのダイエットにつきものの現象らしい、だからこそあれだけさまざまなダイエットが流行り、おびただしいダイエット本がベストセラーになっても、一向に肥満が減少していないのだ。

そして私も遅まきながら自分の間違いを悟ったのである。そもそも人間がここまでサバイバルできたのはエネルギーを蓄積してくれる節約遺伝子のお陰様なのだ。三千年に一つぐらいしか遺伝子は変わらないから、飽食の現代にも節約遺伝子は健在で、ダイエットというのは原始以来の生存のメカニズムへの挑戦なのである。

思えば大それたことだが、それでも私は恐れいらずにダイエットを志す。ただ、過激なダイエットはもうしない。ダイエットというと脂肪の撲滅ばかり考えるが、飢餓によってたちまち簡単に細っていくのは大事な筋肉のほうで、同時に減る脂肪の量はしれている。

ところが筋肉こそがシェイプアップの守り神で、筋肉は起きていようと寝ていようと存在するだけで一定のエネルギーを消費してくれる。これが基礎代謝というものなのだ。だから基礎代謝が高く太らない身体にするためには、何よりもまず筋肉の増強につとめなければならない。

「ヒェー、筋肉増強ですかあ。私なんて、ポヨポヨ波打つ脂肪の湖に杭《くい》を打つみたいなものでしょ」

「いや、筋肉ってヤツは努力には必ず応えてくれる律義者なんですよ。あの軟弱な三島由紀夫さえモリモリ筋肉マンに変身したじゃありませんか。それに貴女はなにもあんなモリモリの筋肉を誇りたいわけじゃないでしょう。もっとマイルドに程よい筋肉をつければいいだけで」

「そうです、そうです。私は何しろ難行苦行の苦手な女で、テレビでやってたあのブート・キャンプみたいなのも絶対イヤ。ラクして痩せたいダメ女なんです」

「大丈夫。そんな人向きのシステムもありますよ」

　というような会話があって、私も遂に筋肉トレーニングを志すに至ったのである。

# 正しい呼吸法

友人の出産祝いに訪れた私は、柔らかな腹をゆったりと上下させて息づく赤ん坊を眺めながら「貴女も生まれたばかりの頃は腹式呼吸の達人だったのですよ。生涯で最も著しい変化と成長を遂げる時期にある乳児は、そのために最も重要な栄養である酸素をいっぱい吸い込まなければならないことを本能的に知っているのです」と言われた塩谷《しおや》信男先生のことを思い出していた。

塩谷先生は極めて虚弱な生まれだったが少年時代に呼吸法に目覚めて次第に健康になり、東大で医学を学び、東京で一番人気の開業医として大活躍された方である。

その間ずっと呼吸法の研究を進め、六十歳のときに呼吸に内観と意念も加えた「正心調息法」を完成してからは、同年代の老化に逆行していよいよ元気になるばかりで、八十七歳のときは白内障を手術なしにその調息法だけで全快させ、九十歳のときには前立腺肥大症を同様に調息法で克服するなど、酸素と意志の力を最大限に活用して驚異的な健康体を維持し、九十代に入ってからも毎週ゴルフを楽しみ、九十四歳で三度目のエイジ・シュートを達成された。

私がお目にかかったのはその翌年だったが、どんな話題でも打てば響く頭脳の冴えに驚きながら、遠慮なく質問攻めにして、その呼吸法も直接手ほどきして頂いた。それをそのままご紹介するほどの紙面はないので、かいつまんで書くが、まず大事なポイントは横隔膜を意識的に下げて肺を大きくすることである。

深呼吸というと大袈裟に肩を上下してハアハアと口で息を吸う人がいるが、これでは肺尖《はいせん》を膨らませるだけだ。

肺は釣鐘形で、上部より下部、底部が広がっているのだから、肺尖どまりでは、せっかく待ち構える肺胞の大多数は待ちぼうけになる。また、口は食物摂取が本業だから呼吸は補助的役割にとどめ、呼吸のため作られ、鼻毛や粘液など空気のフィルターも完備した鼻で呼吸するほうがいい。

さて、肩ではなく腹を意識しながら静かに鼻から息を吸い込み、初めから肺底に空気を送り込むのが「吸息」、続いて肺底に吸い込んだ空気を丹田にぐっと押し込むつもりで下腹に力を入れ横隔膜を下げることによって肺を広げ吸気を最大量にして十秒くらい息をとめてこらえるのを「充息」という。

肺は片側だけで約三千ccの空気を収容できるのに、普通の呼吸ではその五分の一も満たされないし、従来の腹式呼吸でもまだまだ充分ではないが、臍下丹田《せいかたんでん》を意識して横隔膜を下げきるこの腹式呼吸なら、本来あるべき肺の能力を充分に活用できる。

また、定期的に腹圧を高めることによって腸管周辺の血流がよくなり、澱んだ血がサラサラになるというメリットもある。

「吸息」、「充息」、そしてゆっくり鼻から息を吐き出し、腹の力を静かに抜いて凹ませる「吐息」と、普通の呼吸である「小息」の四セットを、少なくとも一日二十五回繰り返す。さらに想念や内観や祈念なども加えなければ「正心調息法」にはならないのだが、取りあえずこの呼吸法だけでも参考にはなるだろう。詳しくは塩谷先生のご著書を探して勉強して頂きたい。

もう一つ、私が深く敬愛するアンドルー・ワイル博士（代替医学の第一人者で、タイム誌により「アメリカで最も影響力を持つ二十五人のアメリカ人」の一人に選ばれる）から教えて頂いた「宇宙と息を合わせる呼吸法」もおすすめだ。

仰向けに寝て眼を閉じ、両腕の力を抜き、呼吸に注意を向ける。呼吸を変えようとはしないで自然に息を吸いながら、宇宙が自分に息を吹き込んでいると想い、息を吐きながら、宇宙が息を吸い込んでいると想う。

自分が主体ではなく、宇宙が呼吸をしていて、自分が受け身に呼吸させられているとイメージする。

宇宙に息を吹き込まれるたびに、全身に、手足の先々まで、その息が行きわたるとイメージする。これを寝起きか、寝る前に十回繰り返すのである。

# 腸は最大の免疫器官

およそ病気とは縁のない「医者いらず」だった私だが、近頃にわかに医者付き合いが増えてきた。といっても患者としてのお付き合いではなく、友達になった人たちがたまたま医者だっただけのことだが、私も今やレッキとした高齢者だから、医者頼みモードに切り替えろというカミサマの思し召しだろうか。

いや、しかし、わがドクター・フレンズは揃いも揃ってツレナイというか商売不熱心というか、全然私の心配などしてくれないのである。

「血管マッサージ」の井上正康《まさやす》ドクターもその一人。今や世を挙げて大騒ぎのメタボリック症候群なるものに、どうやら私も該当するような気がして相談しても、「そんなこと気にしたら医者の食い物になるだけです。まあ運動はするにこしたことはないから一緒にダイビングは如何《いかが》ですか。秋の海に潜るのもいいですよ」と遊びのお誘いになってしまう。

もう一人の仲良し岡本裕《ゆたか》ドクターも、「おいしい患者にならないで」が口癖だ。彼は優秀な外科医として大活躍していたが、日本の医療の仕組みや考え方に愛想をつかして臨床医をやめ、医療相談のウェブサイト「e－クリニック」を開き、明晰懇切《めいせきこんせつ》なアドバイスで、がんをはじめ難病に苦しむおびただしい人々の信頼を集めている。

メタボ系の訴えには「そんなのは未病の領域だから、食べ過ぎに注意して、できるだけ身体を動かすことで治ります」とピシャリ一言でおしまいにしたいところだが、病気と認められたがる日本人の甘えの構造を打破するのも一仕事なのだ。

しかし商売優先の医者にとっては、素直に定期的にずっと通院して、薬を飲み続け検査を受け続けてくれ、完治はしないが、死にもしないメタボ患者ほどおいしい客はいない。それで懐が痛むのが患者だけならまだしも、大半のツケは国に回るのだから、うなぎ登りの医療費で財政は破綻に瀕《ひん》している。

　それに医者だって実は大変なのだ。日本の医者一人が一年で診察する患者の数は約八千五百人で、欧米の約二千四百人の四倍近い。

　一方、外来患者一人の平均的診療費が日本は七千円、アメリカは六万二千円、スウェーデンは八万九千円だというのだから、日本の医療は百円ショップもマッサオの薄利多売なのである。

　何だって安けりゃいいってものじゃない。優れた医者が知力を尽くして十分に時間もかけ納得のいく医療を施すためには、それなりの費用が必要だ。しかしただでさえケチな日本の医療予算をイナゴのように食い尽くすメタボの大群や医薬依存症の増殖はとどめようもない勢いだ。

「と、諦めてしまってはおしまいだから、せめて私は自己治癒力をフルに生かす生き方を心がけますし、その宣伝にもつとめます」と張り切る私に、岡本ドクターは「チョウ能力が大事ですよ」とおっしゃる。

　ええっ、先生もオカルトなのと驚きかけたら、これは「腸能力」で、長さが約七メートル、面積はテニスコート一面くらいある私たちの腸は、脊椎全体にも勝る一億以上の神経細胞を擁し、脳の指令を受けずに機能する自立した神経器官であり、最大の免疫器官だというのである。

そんな目からうろこの知識や快刀乱麻の医療批判を散りばめた岡本先生のベストセラー『9割の病気は自分で治せる』（現在の版元はKADOKAWA）の続編が刊行されたので、私の「森羅塾」でも先生をお招きしてじっくりお話を伺い、そのあとの懇親会では「腸能力」を励ます発酵食品を味わって頂いた。

# 身体の声は神の声

珍しく風邪をこじらせた。何故かはわかっている。日頃の養生法である「無為自然」を逸脱したからだ。

人生の秋の「林住期」に入り、ジェット機からグライダーに乗り換えたように緩やかに暮らし始めると、それまでエンジンの轟音《ごうおん》にかき消されていた大自然の囁きが聴こえてきて、さまざまな気づきをもたらしてくれた。とりわけ「身体という自然」にみなぎる叡智《えいち》に魅せられて、私はそれまでになく素直に身体の声に耳を澄ますようになったのである。

聡明な身体は微かな異変や不穏な気配をいち早く察知して「休め」とか「飲むな」とか教えてくれるので、それに従っていれば間違いがない。しかし多少なりとも社会人として活躍するからには、仕事の責任のために、身体の声に逆らわなければならないことがあり、今回もそうだった。そして結局は十日間も棒に振り、いまだに声も出せないいままぼろ切れのようにベッドにへばりついている。やはり身体の声は神の声なのだと、改めて思い知らされた。

そしてその「神」は、警告や助言だけでなく、積極的な癒しのツールもいろいろ用意しておられるようだ。私の場合は、気功を通じてそれに気づき始めた。

十五年くらい前、ひどい肩凝りに悩んで或る中国人気功師を訪ねた私は、彼の掌から繰り出される見えない糸に自由自在に操られて動き回るという不思議な体験に茫然とした。

さらに数日後には、自分の家でも、目をつぶって心身の力を抜くだけで五体がひとりでに動きだし、私の意思とは全く関係なくさまざまな運動を展開するようになった。およそ体操や踊りぐらい苦手なものはない私にとっては驚天動地の事態だが、ともかくすこぶる気持ちはいいし、肩凝りもどんどん軽快していく。

その様子をビデオに撮って客観的に観察してみると、自分では思いもつかない複雑な動きだが、すべては螺旋《らせん》とメビウスの輪からなっていて、一動作を左で九回、右で九回繰り返す左右対称の動きが、一刻も止まらず全身をなめらかに移動していき、最後に両掌が腹に重なり右に九回左に九回ゆっくりと回る。そして胸に合掌し深く一礼して終わるのだ。

時計を見ていたわけでもないのにぴったり一時間である。

気功法の本を買って見てみると、腹の上で掌を回すのは「収法」といって気を丹田に収める動作だそうである。他の動きの多くも、それぞれもっともらしい名前がついて紹介されているが、私が事前にそれを知るよしもなく、これはあくまでも身体の自発的な動きなのである。こういう運動は自発動功といって気功の世界では別段珍しいものではないらしい。

もう一つ、丹田にできた温かい玉がやおら動き出してまず会陰部に降り、さらに斜め後ろの尾骶骨《びていこつ》に移り、それから脊椎をよじ登っていき、そこでかなり苦労してなんとか首を通り抜けると顔に入り、眉間では花火のように七色の光を咲かせたりしてから登頂に抜け、額と鼻筋を滑り降りて口に入り、直滑降で丹田に戻るというツアーがしきりに繰り返されていることに気づいた。

取りあえず「玉転がし」と名付けて、その快い感覚を楽しんでいたが、これは「小周天《しょうしゅうてん》」といって気が経絡《けいらく》の基幹部を一周する動きだそうである。

自発動功にしろ小周天にしろ、心身の力を抜いてお任せさえすればサムシング・スマートがいつも巡回して、しかるべくメンテナンスして下さるという感じで、こんな有難いことはない。

それで「無為自然」に安住して病気知らずの私だったが、好事魔多しというべきか、五年程前に事故でひどい鞭打ち症を背負い込んでしまった。以来、自発動功も小周天も様変わりし、以前のように全身を満遍なくカバーしてくれることは少なくなり首の周りに偏在している。

私の首は、放っておけばいつもメビウスの輪を描いてぐるぐると動き続けているのだ。人前でそれでは困るから意識的に止めているのだが、その間は中でごうごうと気がのたくりまわるから、これもかなりうっとうしい。

鞭打ちを癒そうというお志なのだろうが、正直なところいささか閉口して、主治医の神サマにご相談する機会をうかがっているところなのである。

# 「気」に任せる

およそ病気には縁のない人生を過ごしてきた。たまには人間ドックにも入ってみるのだが、いつも無罪放免で、「いいお身体ですね。ご両親に感謝なさってください」などと変な褒め方をしてくれる医者もいる。

「五十過ぎて今更親でもないでしょう」と口答えしたら、「いやいや、よほど育ち方がよくなければ、こんなにしっかりした基礎はできません。親御さんの功績ですよ」とたしなめられた。

実家が戦後没落して唯一残った葉山の陋屋《ろうおく》で庭を耕し鶏を飼い、海山を駆け巡って薪を集め山菜を摘み魚を捕り貝を拾いながら育ったのだから、たしかに心身は鍛えられたし、ナチュラルとオーガニックの極致ともいうべき食に恵まれた。

お陰で金持ちの子供のように贅沢な暮らしにスポイルされることはなかったものの、彼らにはお金があるのが当たり前だったように、私にとっては「健康」であることがあまりにも当たり前過ぎて、その有り難さを知らないまま育ってしまった。

ところが五年前、当時借りていたマンションの雨漏りが原因で天井の一部が頭上に落下するという災難に遭い、頸椎《けいつい》を捻挫してしまったのである。以来背負い込んだ鞭打ち症候群というのは、テロリストが頸椎に潜伏して執拗にゲリラ戦を展開するようなもので、頭痛、頸痛、肩凝り、吐き気、手の痺れ、眩暈などなど、大小さまざまな爆弾や凶器のような症状をこれでもかこれでもかと繰り出してくる。まるで馴染みのなかった「不健康」という状態を、還暦過ぎてから突然初体験させられたのだから呆然とした。

整形外科の名医や整体の名人から、強力な気功師や不思議な霊能者に至るまで、なんとおびただしい人々を訪ね歩いたことだろう。しかし鞭打ちというのはハッキリした診断も決定的な治療も期待できない実に始末の悪い症候群なのである。結果として今も鞭打ちは根治していない。

しかし、その症状とだんだんうまく付き合えるようになり、そこで援軍として現れる「気」との付き合いが深まった。気功は以前から嗜《たしな》んでいたが、健康なときにはあまりピンとこなかった癒しの力を、鞭打ちのお陰ではっきりと認知できるようになったのである。

特に痛みを緩和するのが「気」の得意技で、「気」の流れを自分でコントロールできるようになれば病院が隣にあるよりも頼もしい。いや、コントロールするというのは不遜なことで、力を抜き自分を空にして「気」にお任せするだけだ。「気」の鍵《キー》はリラックスである。これが簡単なようでなかなか難しい。

特に日本人は「頑張ろう」が合い言葉の働き蜂だから、なかなか力を抜けないのだが、幸い私は怠け者でリラックスの才能だけは抜群だから、「気」を習い始めた途端に、眼を瞑《つぶ》れば五体がひとりでに動き出し必要な運動をしてくれる「自発動功」や、「気」が丹田《たんでん》に凝集して温かい玉になり経絡の基幹部を一周する「小周天」をはじめ、不思議なことがどんどん起こり、「気」の実在を迷い無く信じることができた。

リラックスの他に大事なことは、「気」の流れを妨げるような要素を身辺から極力排除することである。

例えば電磁波を出すもの、化繊やプラスチック、農薬、防腐剤など、要するに反自然的な物や環境は「気」と相性が悪いし、憎しみや怒りや過剰な欲望や闘志も「気」に馴染まない。

つまり、なるべく自然で簡素で穏やかな暮らしをすることだ。働き盛りでは難しいかもしれないが、熟年になれば「気」と仲良くする機も熟するわけだから、年をとるのも悪くない。

にわかに泳げるようになったり、自転車に乗るコツがふっとわかったりすると、こんな簡単なことがどうして今までできなかったのだろうと思うものだが、「気」がわかる瞬間もたいていそんな感じで訪れる。そして人生の残り時間が、文字通り、もっと「気持ち」のいいものになるだろう。

# 援軍がいっぱい

「これからは美味しいものしか食べないわ。詰まらないものでお腹を張らすなんてもったいないじゃない」と宣言したのは五十歳のときだった。

一生の食事の回数は限られているのだから、残り時間を意識する年になると、一回一回の価値が増し、あだおろそかには食べられなくなる。だからといって贅沢な美食に耽《ふけ》って身体を壊し寿命を縮めてしまったら元も子もない。

一方、過度の心配や禁欲によるストレスだって長寿の敵である。そのあたりのバランスをうまく取るのが健康長寿の条件だろう。

だから私は体重やコレステロールを気にかけながらも、大好きなステーキや鰻や天麩羅やとんかつやチーズを諦めはしない。

「あー、食べたい」と強く思ったときは、それを求めている身体の声だと思って素直に従うことにしている。

また、仕事柄外食や旅行でご馳走攻めになることも少なくないが、そんなときにはダイエットなど潔く忘れて存分に楽しませて頂く。美味しいことはいいことだ、愉しいことはいいことだ、いいことは健康にもいいことだという私のポジティヴ・シンキングは裏切られず、すこぶる元気に古稀を迎えることができた。

その代わり自宅での食事はしっかりと健康志向で、簡素な自然食である。特に野菜をいっぱい摂るよう心掛けているし、ご飯は発芽玄米、パンは全粒粉、そしてすべての食材はできる限り有機、無添加のものを選ぶのが私の贅沢なのだ。

そして家でも毎食懐石みたいにチマチマと多品目とり揃えなければ気が済まない。でもその度に手間暇かけていては仕事などできないから、週に一度くらい気合いを入れて盛大にまとめ作りして保存し、それをさまざまに取り合わせて変化を楽しむのである。

私はスープが好きで、食事の度に酒はなくてもスープは必ずほしい。そのために常時ストックしてあるのが「ジャングル」と名付けた野菜スープである。

キャベツ、人参、セロリー、玉葱、ごぼう、ジャガイモ、かぶ、莢《さや》インゲン、カリフラワー、ピーマンなど十種類ぐらいの野菜をどんどんフードプロセッサーにぶち込み、みじん切りで大鍋が八分目くらい埋まったら、ひたひたに水を加え、白ワインかドライ・ベルモットを一カップ注ぎ、月桂樹の葉を数枚と塩胡椒を適当に入れて、一時間くらいぐつぐつ煮る。

これだけ多種類の野菜の味が渾然一体になるのだから、もう間違いなく深々と滋味溢れる味で、動物系のダシに勝るとも劣らない。

この作業のついでに、刻み野菜を炒めてどっさり練り込んだハンバーグかミートローフを作っておくことが多い。挽肉と刻み野菜の割合が二対一くらいの健康肉料理は、肉だけのアメリカ式よりふっくらして美味しい。

スープは一日分ずつに分けて冷凍しておき、毎朝温めて飲む。その時々の気分で味を変えたかったら卵を落としたり、チーズをおろしたり、刻みトマトやパセリを散らしたりしてもいい。「ジャングル」はカレーやシチューやソースを作るときにも頼もしい援軍で、レトルト食品だって、にわかに深遠な味にしてくれる。

援軍といえば、最近「スープ・スープ」という名の便利な援軍も現れた。これは鰯、鰹、昆布、無臭にんにく、酵素ペプチドなど天然素材百パーセントで無脂肪、無添加の粉末ダシで、和洋華に使える優れものである。

例えばマグカップに「スープ・スープ」一袋を入れ、香菜とか三つ葉とか葱とか、煮なくてもいい野菜を刻み入れた上に熱湯を注ぎ塩胡椒するだけで、インスタント離れした上質なスープが出来上がる。

朝は「ジャングル」で繊維を、昼は「スープ・スープ」で蛋白質を、それぞれ一日の必要量ぐらい確保できてしまうのだから安心だ。

やはり最近常備品に加わったのは有機発芽玄米を鹿児島の恵まれた自然環境でゆっくり発酵させた「天の子」という万能酢で、これを飲むことで重症の糖尿病を完治させた人がいるというのも納得できるほど、清冽《せいれつ》な力がみなぎっている。料理だけでなく健康飲料としても頼もしい文字通りの万能酢なのだ。

青森の田子産にんにくをこの「天の子」と赤外線でじっくり熟成させた「黒にんにく」というのがまた絶品で、朝晩一粒ずつ宝石のように大事に口に含み、舌に渦巻く強い「気」を実感している。

油も大事な健康食品である。油の摂り過ぎがよくないのは常識だが、摂らなければならない油もある。

オメガ3とオメガ6は、細胞膜やホルモンなどを作る原料で、身体のほとんどの機能に関係しているのに、この二つの必須脂肪酸は自分の体内で作ることが不可能で、食事から摂るしかない。そのためにカナダのウド博士が調合したアルティメイト・オイル・ブレンドも我が家の必需品である。

これは遮光と冷蔵が必須の繊細な油で、加熱は禁物だから調理には使えない。私は一日の必要量を小瓶に分けておき、トーストに塗ったり、サラダ・ドレッシングにしたり、味噌汁に垂らしたり、納豆に混ぜたりして一日中折に触れて使い、もし使いきれなかったら、寝しなにナイトキャップ代わりに一気飲みするのだ。

これが私の健康な一日のフィナーレである。

# 人は血管と共に老いる

最近のマイ・ブームは血管マッサージである。それを伝授して下さった大阪市立大学医学部の井上正康教授は、私にとっての「森羅塾」というか、森羅万象一網打尽の世にも頼もしい知恵袋で、とりわけ「健康長寿」の研究に燃えておられるから、われら熟年世代の強力な援軍なのだ。

数年前に開催された日本医学総会の市民公開講座で、井上教授がプロデュースされたミュージカル風アンチエイジング・ファッションショーは八十五歳の高齢者が颯爽と主役をつとめ、多くの高齢者のお洒落意欲を復活させたと話題になった。

そのときに朗読されたアメリカの詩人サミュエル・ウルマンの「青春の詩」

は、井上教授が精神科医で朗読者でもある夫人と共に新たに翻訳されたもので、今までになく心に響いた。その一部をご紹介しよう。

歳月は深い皺を刻むが、それだけで老いることはない。
理想と情熱を失うとき、初めて人は老いる。
自信喪失、不安と猜疑《さいぎ》心、恐れと失望、それが心をしぼませ、魂をむしばむ。

人は信念と共に若く、疑念と共に老いる。
希望と共に若く、失望と共に老いる。

本当にそうだとつくづく思う。今や年齢は、戸籍や暦とほとんど関係なく、老いも自己責任の時代になってきたようだ。高価な美容整形やホルモン療法の成果をみると、若さや健康も金次第かと憮然とするが、幸か不幸かまだまだ金の力には限界があり、貧富の格差が健康の格差に重なるわけではない。

美食と遊惰に耽る金持ちよりは、粗食でよく働く庶民のほうが健康長寿のチャンスは大きいだろう。もちろん運不運もあるが、何より大事なのはそれぞれの節制と努力と心の持ちようなのだ。

井上教授は、長年にわたって生命の仕組みと老化の原因を研究した結果、血管の機能を正常に保つことこそが、健康に暮らすための第一条件だと確信し、誰でも、いつでも、どこでも簡単にでき、お金も一切かからない血管マッサージを推奨しておられる。

これはマッサージする部分の皮膚に掌や指をぴったりつけ、強く骨に向かって押し付けながら上下左右にずらして血管をしごくだけのことだが、人の力を借りず自分の手でマッサージするので、脳の神経細胞と血管が同時に刺激され脳トレーニング効果もあるし、血液とリンパ液の循環が改善されて心身がリラックスするし、身体中がすぐ温まって、冷えや高血圧の予防もできるのである。詳しくは『血管ほぐし健康法』（角川SSコミュニケーションズ）を読んでいただきたい。

私は毎日、ベッドでも森でも海辺でも気の向いた場所に寛ぎ、手、腕、頭、首、肩、胸、腹、腰、背中、そけい部、大腿《だいたい》、脚、足の順で合計十五分ほどマッサージすることにしている。

身体には動脈、静脈、毛細血管合わせて十万キロメートルの血管が張り巡らされ、その中を約五リットルの血液が数十秒で駆け巡り、酸素や栄養を補給しながら老廃物の回収もして、私たちの生命システムを維持してくれているのだ。

その活動は誕生から死まで一刻たりとも休むことはないのだから、毎日感謝のご挨拶くらいするのが当然と思い、マントラのようにありがとう、ありがとうと呟きながら血管マッサージを繰り返している。

ウルマン風に言えば、人は血管と共に若く、血管と共に老いるのだ。

# 第5章

# 足るを知る

# 生きているだけで面白い

私には定年もないし年金もない。社会保険のシステムに全く無知な私は、お役所から何のお達しもないままに、堂々と年金未加入の人生を過ごしてしまった。それに物書きなんて老後安泰の蓄えができるほどの稼ぎなどありはしないから、最後まで働き続けなければならない。

しかし子どもが自立してしまえば、自分一人くらい養うのに大したお金は要らない。だから私は五十歳で子育てを卒業するなり「林住期」を宣言して、仕事を必要最小限に絞り込み、ジェット機からグライダーに乗り換えたように緩やかなスローライフを楽しみ始めた。

インド仏教には人生の四季を棲み分けようという「四住期」の教えがあり、

「林住期」はその秋に当たる。

春は若者が勉学にいそしむ「学生期」、夏は壮年が仕事に励み家庭を築く「家住期」である。働き盛りの家住期で汗にまみれて頑張ったあと、やっと秋風が立って汗が引き、さあこれからはよく熟れた人生の果実をゆっくりと味わいましょうという最高の季節が「林住期」なのだから、老け込んだりしてはいられない。老いを見詰めるのは冬の「遊行期」に入ってからでいい。

秋に豊かな成熟と華やかな紅葉を楽しみ尽くせば、あとは心残りなく淡々と枯れつくして清澄な冬を迎えられるだろう。

そんなことを言われても何をしたらいいかわからないという人がいるのだが、私にはどうして暇を持て余すことができるのかわからない。

私なら、もし旅を楽しむお金がなくなったとしても、近所を散歩するだけで飽きることがないし、足腰が立たなくなっても車椅子で動き回るだろう。

寝たきりになっても読みたい本は一生分あるし、眼が見えなくなっても、聴きたいCDが山になっているし、耳まで聞こえなくなっても、まだ味覚、嗅覚、触覚は残っているのだから新しい世界が開けるかもしれない。

実は最近アロマテラピーをかじって嗅覚の奥の深さにぞくぞくしているところなのだ。

それにまだ雑念が多すぎてなかなか深まらない瞑想も、そこまで人生が煮詰まれば、きっとよりよい境地に達するだろう。ともかく生きているだけでも面白いと腹を据《す》えてしまえば、人生怖いことなしである。

しかし自分は生きていても面白くないのだ、どうしてくれる、と言われても困ってしまうのだが、私にとってはすこぶる面白く、さしたる費用も体力も必要としないことを幾つか、取りあえずやってみたらどうですかとおすすめしておこう。

一つは気功である。気という無限のエネルギーの実在は、もう科学的にも証明されつつあるが、この気を感知し、自分で気を操ったり、気の流れに身を任せたりすることができるようになると、宇宙とシンクロする小宇宙としての身体感覚がひらけ、俄然生きていることが面白くてたまらなくなる。

気功の入門書は沢山あるが、はじめはしかるべき気功家をみつけて手ほどきしてもらうほうがいいだろう。リラックスが気のキーワードだから、仕事を退いて肩の力が抜けたときこそ気に目覚めるチャンスなのである。

気功をしていると自分の身体がよくわかり健康について関心が募るから、当然食生活についての意識も高まってくる。

身体にいいと言われる自然健康食はいろいろあるけれど、いずれもそれなりに手がかかるから忙しい人ではなかなか続かない。定年サラリーマンならいくらでも手間暇かけられるのだから、お子様向きの簡単家庭料理とは次元の違う料理体系に挑戦してみたらいい。

従来の料理法に慣れきった主婦よりも、白紙で始める初心者のほうがむしろ条件はいいのである。

気功は指圧とか整体とかいったボディーワークの修業に繋がっていくことが多い。健康料理とボディーワークの能力を身につけたら百人力で、パーティーでもボランティア活動でも引っ張り凧の人気者になるだろう。

# 足るを知る者は富む

バンクーバーに住み始めた頃は「もっとシャキシャキ働けよ」とカナダ人ののどかさに苛立つことが多かった。

どんなに重要な商談があろうとも休暇優先で待てど暮らせど南の島から帰らない事業家とか、閉店時間がくるやいなや、買い物に入ろうとする客がいようと、その鼻先でビシャリと戸を閉めて姿を消す店員とか、日本で見慣れた仕事至上主義の働き蜂とはあまりにも違う人種が多いのだ。

こんなに資源の豊かな国がおめおめとアメリカの下風《かふう》に甘んじるのは、この度し難い怠け癖のせいよと悪態をつきたくなったものだが、やがて私も彼らのペースに巻き込まれ、「何が悲しくてそんなにあくせく働くの」とか「ばたばた急いで何処へ行く」という気分になっていることに気がついた。

それは怠け癖というより欲がないということで、ほどほど快適に暮らせたらそれで充分だから、必要以上に欲張って資源の浪費や自然破壊をしたくないという境地なのである。

彼らは実に安上がりに簡単に仕合わせを感じることのできる人たちなのだ。毎日夕方になると仕事を終えた人々が続々と海岸にやってくる。

どんどん膨れ上がる群集を見て、何か凄いイベントが始まるのだろうと私は期待したが、皆ただ静かにうっとりと夕陽を眺めているだけなのである。

水平線に溶け落ちる夕陽を見届けて満足そうに散っていく群集はまさに老子の「足るを知る者は富む」の見本のように感じられた。

私もバンクーバーにいると毎日海辺や森に足が向く。同じところを歩こうと、自然というのは日々刻々形も彩りも陰影も質感も微妙に違い、底なしの魅力を惜しみなく繰り出してくれる。

安上がりとはいえ、これほどの贅沢があるだろうかとつくづく思うのだ。この価値を知ってしまったら、たかがお金のために自然を犠牲にする気はしなくなる。そして自分自身も自然の一部だということがわかったら、健康を犠牲にしてまで頑張る気もなくなるだろう。

歩き疲れるとあちこちに置かれているベンチに腰掛けて一休みするのだが、一つ一つのベンチの背には、すでに他界した人物の生年と没年、そして遺族や友人による故人への愛と敬意に満ちた追憶の言葉が刻まれている。

いずれも感動的な文章で、それを読むのも私の散歩の楽しみの一つになった。どのベンチからも、この美しい町で生きて愛して逝った見知らぬ人の人生が温かく伝わってきて、深く心に沁み込むのである。

# 気持ちのいい時間

　昔、日本がアメリカと戦争していた頃に「贅沢は敵だ」という標語があった。貴金属は国家に献納することを強いられ、私の母も「こんな指輪をなんに使うつもりなのかしらね」と反発しながらも、時代のプレッシャーには抗い難く、思い出の詰まった宝石箱を空にした。

　どうせ、ドレスアップのチャンスなどないので、あまり未練も感じなかったらしい。何しろ、うっかりよそ行きの着物で外出したりしようものなら、襷《たすき》がけで街頭に立つ国防婦人会の怖い顔したオバサンから、「醜いものは長い袖」と書いたビラを渡されたりしたそうだ。

　こういうご時世に「敵」だった「贅沢」だから、戦後は一転、平和の象徴として誰もが憧れた。

そして冷蔵庫、テレビ、車、マイホーム……といった「贅沢」が着々と征服されて市民的常識になったが、次なる贅沢を目指して日本人は頑張り続けた。

欧米の高級ブランドが贅沢の代名詞になって久しいが、もう一時の熱狂は去った。都心には依然としてブランドの豪華な店舗が増えているが、客の多くは中国、台湾、韓国、ロシアなどの新しいお金持ちである。

私たち日本人はようやくモノを卒業しつつあるようだ。私も、モノは「もう沢山」と思っているが、贅沢を敵にするつもりはない。それどころか熟年期こそ本当の贅沢の季節だと思ってわくわくしている。

それでは本当の贅沢とは何なのか。同じ熟年仲間が集まったときに、もし金に糸目をつけないでよければ何が欲しいかアンケートをとってみたら、ファーストクラスの世界旅行とか、極上のワインと料理とか、ミラノ・オペラ座のガラ・ナイトとか、スパ三昧とか……残るモノではなく、その場限りの消えモノばかり。つまり求めるものはひたすらに気持ちのいい時間なのである。

しかし実はそれ以上に欲しいのが、愛情とか、健康とか、平和とか、心の平安とか、お金では買えないものであることでも意見が一致する。

そうなのだ。

本当の贅沢はお金では買えない。例えば破綻したリーマン・ブラザーズの社長の収入なんていったら天文学的な数字だが、それで心の平安を購《あがな》えたとはとても思えない。

その点、私のほうが贅沢してるなあと、青空を仰いで深呼吸しながら、しみじみ思うのである。

# 不況なんて怖くない

遊ぼうよ、お洒落しようよ、美味しいもの食べようよ……が口癖になって、近頃の私はちょっとしたエピキュリアンである。

だって今の世の中、あんまり元気がなさ過ぎる。不況はわかってるけれど、過剰反応というか、皆がやたらとパニクって縮こまるから、お金が回らなくなって、いよいよ消費が冷え込み不況が増幅されるのだ。こんなときこそあごを上げて明るく振る舞い、使えるお金があれば使い、本当に困っている人がいれば支援もするのが、多少は恵まれているものの義務ですよ。

だから日頃は節約人間で、子供たちからはケチママと呼ばれてきた私も、にわかに財布の紐を緩め、稼いだはしから使うことにした。

出版業界は今回の不況を待つまでもなく長い冬の中にあり雑誌の廃刊も相次いでいるから、当然物書きの仕事も激減している。でも私は貧乏には慣れているから、これくらいのことではびくともしない。というより、むしろ何かわくわくしてしまうのだ。

戦争とか異常気象とか伝染病では、アッという間に人類の大半が死滅し文明が崩壊することもあるだろうが、貧乏だけではそう簡単に人は死なない。少なくとも現代の日本には、餓死凍死まではさせないセイフティー・ネットがあるはずだ。いくら無能な政府でも、それくらいは信頼させて頂く。

だから私が財布の紐を緩めるのはホームレスにお握りを配るためではなく、文化を枯らさないようにいささかでも水を遣り続けるためである。

これまで文化的施設や行事を支援していた企業も不況を口実にパッと財布を閉めてしまった今、文化防衛はわれわれ市民一人ひとりの肩にかかっているのだ。こんなときこそ、もっと本を読もう、音楽会に行こう、美術館に行こう。そして、芸術だけが文化ではない。

食事も、ファッションも、パーティーも、つまり生活そのものが文化なのだから、日々の暮らしをもっと愛《いと》しもう。必ずしもお金をかける必要はない。その分できるだけ手間暇かけて、気持ちのいい、華のある暮らしをしようではないか。華のある暮らしの象徴として、私は家に花を絶やさないことにしている。一輪だけでもいい、野の花でもいい、ともかく毎朝、花にお早うと言うことで、心にもその日の花が咲く。

それから、たとえ一日家でおさんどんだとしても、鏡の前に立って恥じることのない身だしなみを心がけよう。いくらラクだって大人の女がひねもすジャージ姿なんてやめてよね。

もう一つ、一日に少なくとも一度はしみじみと美味しいと思えるものを食べること。まあ、私は熱いご飯と目刺しと大根おろしとか、いやもっと簡単にトーストにバターとマーマレードだって、ふかし芋に塩だってしみじみと美味しいのだから、不況なんて怖くない。

# お気に入りワードローブ三条件

衣食住といっても、私の場合、娘時代は食衣住、大人になってからは住食衣が優先順位で、衣が最優先だったことは一度もない。

もちろん全くお洒落に無関心というわけではなく、私なりに身だしなみに気を使っているつもりだが、流行に目の色を変えたり、高級ブランドに愛着したりすることはないから、こうして多少人目に立つ仕事をしている人種の中では、服飾経費が極めて低いほうに属すると思う。

それでもときどき、しかも近年になっていよいよ「とても素敵」とか「かっこいいですね」とか、装いを褒められることがあり、それがどうやらただのお世辞でもなさそうなのだ。嬉しいことである。

若いカワイコちゃんならボロをまとっても眼に快いが、容姿の衰えは争われない私の年代が、何を今更と不貞腐《ふてくさ》れ、自堕落な格好でのし歩いては、なんとも見苦しく傍《はた》迷惑なことだろう。だから年をとるほどお洒落を大切にするべきなのだ。

そう思いながら改めて私のワードローブを点検してみた。私は気に入った服はいつまでも飽きずに着続けるたちだから、二十年ぐらい経っている服も珍しくない。だいたいこの二十年、つまり五十代以降の好みと傾向はほぼ一貫している。

もう身の程をわきまえて露出は控え、とりわけ二の腕や肩は剝《む》き出さず、ミニや臍《へそ》出しももってのほか。カッチリ肩怒らせたりギュウギュウ締め付けたりしない緩やかなスタイル……と書くと、いかにも常識的な熟年ルックだが、他にも重要な条件が三つある。

まず、水陸両用ならぬ労遊共用で、ばりばり仕事ができるよう機能的活動的でありながら、そのままパーティーに出ても優雅に遊弋《ゆうよく》できるフレキシビリティー。

重く厚ぼったくない、天女の羽衣のように軽くしなやかで肌にやさしい、なるべくなら絹や綿や麻などを素材にした自然と健康志向。畳んでかさばらず手洗いができて旅行に持ち歩きやすい利便性と経済性。以上の三条件で、これは私のワードローブのほとんどに共通している。

実はこれはいずれも若い頃によく旅をしたアジアで親しんだ民族衣装の影響なのだ。とりわけベトナムのアオザイとインドのパンジャブ・スーツが私は大好きで、日本でエスニックが流行る前から着ていたから、よく奇異の眼で見られて、子供たちは一緒に歩くのを恥ずかしがった。

いずれもいわばパンツ・スーツで下はズボンだからバイクにだって乗れるが、上着の裾はくるぶし近くまでくる長さなので、淑《しと》やかなロング・ドレスとしても通用する。

幸い私の一番の旅仲間で共々にアジアの魅力にどっぷり浸ったイタリア系京女の那美摩利子《なびまりこ》さんが、「マナハウス」というブティックを開いたので、今は私の条件を満たす服をどんどん作ってくれる。

　それはすでにエスニックを超えた彼女のオリジナルで、素材も縫製もずっと上だし、日本の美意識も織り込まれているから、和服を着るまでもなく日本人としてのアイデンティティーを示すことができ、海外ではひときわ評判がいい。

　マナハウスでは草木染めの絹のストールやスカーフのあでやかさにも抗い難くよく買ってしまうが、これが実に便利なもので、畳めばポケットに入るのに、ふわっと広げて纏《まと》うだけで華やかなドレスアップになるし、一陣のアジアの風が吹き渡ったように サッと雰囲気が変わるのだ。

　そんなとき、やっぱりお洒落は楽しい、こんな楽しいことしなけりゃソンじゃない、自分のためにもヒトのためにも綺麗になろうと思うのである。

# 美しいものほどセンシティヴ

二十歳で一人暮らしを始めたとき、独立へのはなむけとして、母は長年使い込んだ大貫禄のフライパンと、上海で暮らしていた幼年時代のアルバムを持たせてくれた。そのアルバムの中で私を抱いたり、父と踊ったりしている母の美しさにうっとりしながら、私はふと彼女の装身具に眼をとめた。

「なんて素敵なネックレスなんだろう。イヤリングもとてもお洒落だし、両方とも典型的なアール・デコね。このシャープな指輪はサファイアかしら」

上海社交界の華だったという母だから、優雅な装いは驚くにあたらないが、物心ついてからは母がジュエリーなど身に付けているのを見たことは一度もない。

「お母様って凄くお洒落だったのね、あの綺麗なネックレスやなにか、その後どうなっているの」

と私が後で尋ねたら、

「もちろん、残らず食べちゃったわよ」と母は苦笑した。

そうだった。日本に引き揚げてからは厳しい耐乏生活で、書画骨董をはじめ着物も家具も片っ端から人手に渡って行く、売り食いの日々だったのだ。

まるでそのリベンジのように私が骨董の蒐集を始めたのは、父母が世を去り、子どもたちが巣立った頃である。

私のコレクションはヨーロッパのグラスと中国の陶磁器が中心だ。生まれたときから美しく、いつも華やかな宴で輝き、人々の感嘆の視線やざわめきを浴びてきた器たち、その仕合わせな年輪の光が透明に結晶して幾重にも層をなすアンティークの魅力にとらわれながら、私はアンティークのジュエリーにだけは手を出そうとしなかった。

ニューヨークに暮らしていたときの隣人で、まるで娘のように私を可愛がり、佳き伝統や生活の智恵をいっぱい伝授してくれた老婦人から、曾祖母の形見だというイヤリングをプレゼントされたときの言葉が心を離れないからである。

「大切に身に付けたジュエリーには女の魂が入り込むのよ。だから娘へ孫娘へと代々受け継がれていけば、その愛情も仕合わせも伝わっていくし、貴女みたいに親しい人がもらって下さるのも同じ。でも何かの事情で身売りしたり、悪い人に盗まれたりしたジュエリーは、深い悲しみや怨念を背負ってさまようことになるわ。美しいものほどセンシティヴで傷つきやすいから、ずっと大事にする自信の無いものを買ったりもらったりしないでね」

# 着物を着そびれた

随分好き勝手に生きてきたと自他共に認める私も、多少は人生に悔いを残している。その一つは着物を着そびれたことだ。

そう言うと、「あら、この間も素敵な着物をお召しの写真を拝見しましたよ」と反論されたりするけれど、それはどうせ雑誌のグラビアだろう。時折そんなお座敷がかかって、もっともらしい着物姿をご披露するのだが、正直言ってすべてはお仕着せで、私は案山子《かかし》のように身を任せるだけである。

まあ、自前の着物が全く無いわけではなく、母の形見を着ることもたまにはある。

ガラ・コンサートとか息子のお茶会結婚式とか、正装が必要で困ったときの形見頼みだが、わが母ながら趣味がよくて、「結構なお召し物ですね」と必ず誰かに褒められるから悪い気はしない。

しかも私は着物が似合うということでも定評があるのだ。平安時代なら美人に属したかもしれないお多福顔と、肩凝りに打ちのめされた撫《な》で肩が、着物にはお誂え向きらしい。

だから「もっと着物を着たらいいのに。そのほうがもてると思うな」とか「着物こそ貴女の勝負服になるわ」とか「女ひとたび家を出たら何が起こるかわからないじゃない。もしもロマンティックな事態に立ち至ったときのこと考えてごらんよ。しゅるしゅると帯が解け、ハラリと着物が肩を滑り落ちる場面なんてぞくぞくしない？　洋服脱ぐよりずっと艶《なまめ》かしいわよ」とか忠告してくれる友達も少なくなかった。

本当に仰せのとおりだと私も思う。

しかし私の場合、その後が問題なのだ。出掛けるときは人に着付けを頼めばいいが、いったん脱いだ着物を自分で着ることはできないのである。これでは後朝《きぬぎぬ》の別れの優雅な余韻などあったものじゃない。

着付けを習いさえすれば済むことなのに、習い事が億劫な無精者で、そのうちにそのうちにと先延ばしにしたまま古稀を越えてしまった。

ああ、時遅し。娘たちはそんな悔いを残さないよう、自分で自由に着物を着る女になってほしい。

晴れ着も勝負服もいいけれど、普段にさりげない着物姿で街歩きできたら一番お洒落だと思う。あ、それなら私も、まだ遅くはないか。よし、今年こそ着付けを習おう。それが年頭の誓いである。

# 悪い冗談？

自然で簡素な生活を志向するニューエイジの友人をカリフォルニアに訪ねたときのこと。そのとき手土産にした焼き海苔で私はとても恥ずかしい思いをした。

その品は実はお歳暮の山の中から選び出して持参したのだが、この仲間では不用品の交換はむしろ奨励されることであり、横流しがばれて恥をかいたといったような話ではない。

また「日本人は黒い紙を食べるのか」と気味悪がられたりしたのはもう昔話で、今では海苔も豆腐に次いで自然食主義者にお気に入りの健康食品なのだ。

では何が恥ずかしかったかというと、その海苔たるやなんと過剰包装の見本みたいな代物だったのである。

　配達されたときのデパートの包み紙はすでに剝がしてから持って行ったのに、なおも綺麗な包装紙に覆われている。それを剝がすと金ピカの柄が印刷された豪華な厚い紙箱が現れ、その蓋を開けると、その中に立派な角缶と筒缶が一つずつ、プラスチックの大袈裟な台座に並んで鎮座している。

　さらにその中に厳重なプラスチック包装をほどこされた焼き海苔がほんの数帖入っているだけなのだ。これでもかこれでもかと現れる包装を不思議そうな面持ちで剝がし続けてきた友人は、最後に掌にチョコンと残ったあまりにもささやかな本体を見てゲラゲラ笑い出してしまった。

「ヨーコ、これはある種の冗談だろう」

「そう、悪い冗談というべきでしょうね。これっぽっちの海苔に私はスーツケースのスペースの半分を捧げたんだから」

「そう気を落とさないでよ。珍しい日本の空気を運んでくれたことに感謝するよ」

「空気ならまだいいけど、私はわざわざゴミを運んできたのよ。いくら日本の埋め立て地が一杯になったからといって、アメリカまでゴミ捨てにくるとはね」

アメリカ人も華やかなパッケイジは大好きだからプレゼントのラッピングなんて本当にお洒落で楽しいけれど、中身の何倍にもなる馬鹿げた包装にはまずお目にかからない。お洒落と虚飾は似て非なるものなのだ。

貧しいものが一生懸命背伸びして見せる上げ底ならまだ可愛げがあるのだが、今の日本で豊かさに任せて節度なくエスカレートする過剰包装は、資源ばかりか人手や空間まで空しく浪費するのだからほとんど犯罪的である。

不必要な包装は贈物に見栄を張るだけではとどまらず、日常の買い物にも蔓《まん》延《えん》し、スーパーの野菜までいちいち精密機械並みにパックされているという天下の奇観が今では当たり前になってしまった。使い捨て容器もどんどん多様化し立派になるばかりだし、私たちは毎日膨大なゴミを生産するために暮らしている物好きな動物なのだという奇妙な感慨に襲われる。

パンを買ったら、新聞紙の切れっ端でくるんでホイと手渡されたソ連のキオスクや、その紙切れさえもなく素手でそば玉を摑んで帰った中国の市場で、私はかえって人間の尊厳を感じたものだった。

# いくつになっても乗り出そう

「からっきし語学が駄目で」とか「何しろ語学が苦手だから」とかいう弁解や嘆き節を今まで何百回聞かされてきたことか。

それはつまり外国語、たいていは英語ができないというだけのことなのに、なんで突然それが「学」になっちゃうのよと苦笑してしまう。難解な言語学か何かならともかく、料理や運動ができるかできないかというのと同じ日常レベルの話でしょ。

料理学が駄目とか運動学が苦手とかは言わないクセに、こと英語となるとまるで英語様と言わんばかりにぺこぺこ「語学」にまつりあげる事大主義こそが、日本人を外国語音痴に留める元凶だと思うのだけど。

それで「たかが英語ごときにオドオドすることないのよ」と励ましたりしようものなら「だって貴方はペラペラじゃない」とひがまれる。

「だって貴方のほうがずっと優等生で立派な大学も卒業してるじゃない」と、私のほうこそひがみたいですよ。私は学力もお金もなくて大学に行けなかったし、高校でも英語は惨憺《さんたん》たる劣等生だった。

しかしたまたま愛した相手が、私同様外国語音痴で英語しかわからないアメリカ人だったので、彼より若くて頭も柔軟な私が、あらゆる感覚を動員し眼耳口全開で英語と格闘していくしかなかったのである。

つまり、言葉の海に放りこまれた赤ん坊が、いやでも泳げるようになるのと同じことなのだ。

幸か不幸か私は要領がいいらしく、わからないことがあっても一々辞書を引いたり調べたりせず想像力や応用力で切り抜けることがうまい。

だから英語の海でも、なんとか犬かきぐらいができるようになっただけで、それ以上は進歩しないのだ。日常の会話はできても書くほうは駄目だし、難しい議論などにはとてもついていけない。

つまり英語世界では中学生並みの知性で生きてきたわけだ。もう古稀を過ぎたことだし、私はまあこれでいいやと思うけれど、これからの時代は大人の英語人にならなければ通用しないだろう。

「たかが英語」と私が書いたのは、英語をバカにしているわけではなく、今や英語なんてできて当然で、特別なことでもエライことでもなんでもないという意味なのだ。それが母国語でないのは口惜しいが、日本語はあまりに複雑で繊細で奥の深い言語だから、大量消費には向かないと思う。

たまたま日本に生まれ合わせて珠玉の日本語を掌中にする贅沢を楽しめるのは仕合わせなことだから、高級専門店の常連のように敢えてマイノリティーに甘んじながらも、マジョリティーにしっかり足場を持ち、グローバルなコミュニケーション・ツールとして最も普遍的な英語を常識化するのが聡明な生き方というものだろう。

幸い英語の海はいよいよ広がっている。衛星やケーブルで英語のテレビ番組を一日中選り取り見取りで視聴できるし、海外旅行も簡単になるばかり。ともかくこの海に飛び込んでしまいませんか。

# 第6章

# 人生の残り時間に何を食べるか

# 食べたいものを作ることのできる仕合わせ

『聡明な女は料理がうまい』がベストセラーになったのは、もう四十年以上も前のことである。料理ブームの先駆けとまで言われるのは面映いが、たしかにあの頃から料理本や料理番組が急増して料理情報が世に溢れ、さらにバブルを迎えると金と蘊蓄《うんちく》肥りのうるさいグルメ族が跋扈《ばっこ》した。そして今や健康志向まっしぐらはいいけれど、これは危ないあれもいけないとやたら神経質なこだわりでがんじがらめの面倒な人が増える一方だ。

私は「ややこしいこと言わないで、もっと自由にのびのびと料理を楽しもうよ」と言いたくて本を書いたのだが、どうもそういう潮流にはならなかったようである。

四十年の間には私の料理の好みや手法もそれなりに変わって来たが、「うるさくない」「こだわらない」という基本的な姿勢はそのままだし、歳とともにますます大雑把でいい加減になるばかりなのだ。ただ一貫して人後に落ちない食いしん坊ではあったから、見るべきほどのものは見つとまでは言えなくても、食べるべきほどのものは食べたと言っていいだろう。

それで飽食し「もういいや」と食べる情熱を失ったわけではなく、むしろ一層しみじみと食を愛しむようになった。残り時間を意識する歳になると、あと何回食事ができるかということも考えるから、詰まらないもので折角の機会を浪費したくない。しかし近頃は豪奢な饗宴よりも、簡素で気楽なウチのご飯のほうがいいなあと思うことが多い。まあ、たまには「ああ、やっぱりプロは違う」と呻《うめ》かせてくれるような店にも行きたいから、中途半端な外食などしないで、その分をハレのご馳走用に貯えておく。

大人たるもの、いくら安くて便利だからといってコンビニの弁当や惣菜などは論外だ。孤独死の発見が遅れても意外に遺体の腐敗が進んでいないのは、コンビニ・フードで蓄積された防腐剤のお陰だという気味の悪い話も聞こえてくる。

一人なら出来合いを買ったほうが経済的だとも言われるが、それは不器用なだけで、マメに工夫すれば、やはり自炊のほうが安いし美味しいのである。

それに何より健康のために家庭料理が大切なのだ。私は強迫観念的に清く正しい健康マニアでこそないが、健康への意欲と関心の深さにかけては彼らに負けない。残りの人生のテーマは健康だと言ってもいいだろう。

熟年ともなると、富や名声が必ずしも人を仕合わせにはしないという実例をさんざん見て、なにはともあれ心身健康で気持ちよく暮らせることが一番有難いのだと悟りはじめる。

ほどほどに長生きして、その最後の日まで、美味しくものが食べられ、家族友人と楽しく語らえ、家事や散歩くらいの身動きは自由にできるだけの健康は維持したいというのが私の願いだから、それなりの努力は惜しむまいと思う。

幼い頃から今日まで病気らしい病気を知らず医者や薬に縁がなかった私の守

り神は、母の手料理に始まる恵まれた食生活だと信じているので、今後も食中心の健康法を考えていきたい。地球に数多《あまた》いる動物の中で、食べたいもの、食べるべきものを自分で作ることができるのは人間だけなのだから、あてがい扶《ぶ》持《ち》だけに甘んじるなんて、不甲斐ないし勿体ない。しかも熟年世代は仕事や子育てから解放され、今こそレイバーでもワークでもないアクションとしての料理を楽しむ機が熟したのである。

# 食べるダイエットのすすめ

それで多少のご参考にでもなればと、私流の簡単な家庭料理をご紹介しながら、健康な食生活について考えていきたい。

今回は肥満防止がテーマだが、稔りの秋の年代ともなれば、ガリガリに痩せるより、多少はふっくらした「ちょいメタ」のほうが健康的なのだ。私自身まさにその範疇に属するので、これ以上は太るまいと決意しているし、できたらあと二、三キロ痩せたいとも思っている。だから一応は減量志向ながら、眦《まなじり》を決して頑張る禁欲的なダイエットではない。

痩せたければ食べないのが一番簡単確実だが、そんなひもじさにやがては弾《はじ》けドカ食いでリバウンドというのがお定まりの末路だから、私は空腹を避け、三度三度の食事を積極的に楽しむことにしている。炭水化物と脂肪は控えめで低カロリーという常識は勿論わきまえながらも極端な我慢はしない。絶対使わないのはマーガリンと白砂糖。バターは味付けに効果的だから少しは使う。

甘味はオーガニックのメープルシロップか奄美や沖縄の素朴な黒糖ぐらい。子育て時代は重宝した揚げ物も今や家ではしないで、たまに天麩羅やフライを外で楽しむだけだから揚げ油は要らない。油はオリーブ油と香味胡麻油、そして中華料理用のピーナッツ油があればいい。

カロリー控えめでも満足感を得るために「野菜腹」を張らせるというダイエットの常套手段を私も愛用しているが、マグサみたいにサラダばかりもりもりというのは哀しくて満足には程遠い。主役たるべき野菜はいつもできるだけ多品目揃えてじゃんじゃん使い、また生野菜と温野菜も一緒にして、さまざまな味や香りや食感がシンフォニックに引き立てあい響きあうようにする。

## ●野菜ラップ・森羅菜包

そういう料理の典型が、我が家では「森羅菜包《しんらさいほう》」と呼んでいる野菜ラップである。これは幼時に上海で暮らしていた頃からよく母が作ってくれた惣菜で、はじめは鴨や鶉《うずら》の肉を細かくたたいて葱と炒め、レタスでくるんで食べたのだが、やがて肉は豚の挽肉に、私の代になってからは鶏の挽肉になって量が減ったかわり野菜の種類と量が増えた。イカや海老や貝柱など海の幸を刻んで使うこともある。

いずれにしろ動物性蛋白質がちょっとでも加わることで俄然野菜が活気付く。最近の野菜は昔のような逞しいエネルギーを喪い、味も栄養も希薄だから、とてもベジタリアンなんてやっていられない。

あく抜き、下茹で一切無用。皮もなるべく剝かない。野菜として必ず使うのは玉葱、セロリー、筍、にんにく、生姜、干し椎茸などの常備菜だが、そのとき家に有りあわせた野菜で相性が悪くなさそうなものは片っ端から刻んで仲間入りさせる。今回は蓮根、ゴーヤ、人参、それから銀杏《ぎんなん》も加わった。豆や木の実を入れることもある。

味付けはその日の気分次第だが、今回は中国風味にして、半分は醬油と胡麻油、半分は豆鼓《トウチ》を使っている。

包む葉はレタスでもサンチュでもサラダ菜でもなんでもいいし、いろいろ重ねたらさらにいい。私が大好きな香菜《シャンツァイ》は血液をさらさらにするそうだし、この料理にも欠かせないが、日本では嫌いな人もまだ少なくないのでオプショナルとして脇の皿に盛っておく。

ご飯もオプショナルで、玄米や雑穀や豆を入れて炊いたものを脇に置いておき、たたきのつま程度にちょっぴり添えるにとどめれば、炭水化物の摂り過ぎを避けられる。ただし欲求不満はダイエットの大敵だから、週に一度くらい、美味しい刺身から漬け物まで和食の粋を揃え、極上の銀シャリを愛用の御飯茶碗にこんもりよそって、日本の魂の滋味を深々と嚙みしめることにしている。

料理は雑駁《ざっぱく》でも私は市場や冷蔵庫の中を見ながら料理を発想する「はじめに素材ありき」派であると同時に「はじめに器ありき」派でもある。

子供の頃、食卓のセッティングは私の仕事で「洋子、お膳立て」と母に呼ばれると、あっ、もうじきご飯だと喜び勇んで駆けつけたものだが、今はその日の料理が決まると、まず使いたい器を食卓に並べてみることから始めることが多い。そのほうが料理のイメージが膨らんで弾みがつくような気がする。

私は骨董を集めているので、客のもてなしは勿論のこと、普段にもどんどん骨董を使う。使えばときには壊れるけれどそれは仕方がない。物も人も地球さえもいつかは必ず滅びるのだから、生命あるうちにこそ、お互いの本領を惜しみなく発揮しあって、美しく美味しいおつきあいを楽しみたいものではないか。

■**材料**（4～6人分）

鶏挽肉300g／玉葱、筍、セロリー他有りあわせの野菜（青菜・芋類は向かない）／ニンニク・生姜（みじん切り）各大さじ1／干し貝柱、干し椎茸

の戻したもの少々

A 豆鼓（刻む）大さじ2／醤油・紹興酒各大さじ1／塩小さじ1

B 醤油小さじ1／胡椒少々／胡麻油小さじ1

水溶き片栗粉／レタス・サラダ菜・ご飯適宜／ピーナツ油計大さじ2

**■作り方**

①野菜はそれぞれ5㎜角に切る。

②フライパンにピーナツ油大さじ1、ニンニク・生姜を入れて熱し、焦がさないように炒める。ニンニクが色づいてきたら鶏挽肉を炒める。

③別のフライパンにピーナツ油大さじ1を熱し、火の通りにくい野菜から炒めていく。順次炒めたら、②を加えて炒め合わせる。

④③を2つに分け、それぞれ炒めながらAとBで調味し、水溶き片栗粉でとろみを付ける。

⑤レタスやサラダ菜とご飯を添えて食卓へ。各自好みのスタイルで召し上がれ。

# 血管力は食事から

人生の命綱である血管を健康にする食事を考えてみよう。人間一人の血管を全部繋ぐと十万キロぐらいになるそうだから、私たちの身体の中ではなんと地球を二周半する長さの運河を巡る血流が、新鮮な酸素と栄養を全身の細胞に配達しながら、用済みの二酸化炭素や老廃物を引き取って搬出するという作業を四六時中休みなく繰り返しているのだ。

郵政もクロネコも真っ青の壮大繊細なネットワークを内蔵しながら、私たちは当然のようにその奉仕に甘えてろくに感謝もせず、メンテナンスの努力も払わない。そして五十過ぎた頃には、耐用年限が半ばに達した血管もさすがにくたびれて、あちこち破れたり詰まったりし始める。

その悲鳴を無視していると、やがては脳出血やクモ膜下出血とか脳梗塞など、深刻な事態に立ち至るかもしれない。「えっ、まさか。あの元気印が」と信じられないほど突然あの世に行ってしまった人や、半身不随の余生を鬱々と生きている人が周りに増えて来たのに怖気を震《ふる》い、私も血管の老化防止にはかなり真面目に努力するようになった。

まずここ数年習慣化しているのが一五九頁で紹介している血管マッサージである。毎朝目覚めるとベッドの中で手の指を一本ずつぐいぐいしごき捻《ねじ》ることから始め、掌、手の甲、手首、腕、腋、の順で、骨に動脈を押しつけるようにして強く刺激していく。みるみる血の巡りが活発になりぱっちり目が覚める。

それからともかくよく歩く。特別な運動は何もしないが、血管を励ますには取り敢えずこの二つで充分だと思う。

さて本題の血管健康食について栄養学の本など読みかけたものの「あー、メンド。体にいいものは体に訊こう。ともかく食欲をそそるものを買って来て、理屈は後付けでもいいいんじゃない」と、まずは買い出しに出動だ。テーマがなんであれ野菜をいっぱい食べるというのが食養の常識だから、私はいつも野菜売り場に直行することにしている。

いい女やいい男は人ごみの中でもオーラを放っているものだが、野菜だっていい野菜には華があり、今が食べどきだよと迫る精気が漲《みなぎ》っている。それをサッと摑むのが食いしん坊の気合いというものだが、なにしろ私は気が多いから大きな籠がたちまちいっぱいになってしまった。

次に魚介売り場に回ると、生のタコがとてもエロティックだし、殻からしきりと舌を見せるアサリの誘惑にも抗い難い。もう予算に達しているが、少しは肉も食べたい気分なので、安いしビタミン$B_1$が豊富な豚肉を買う。それを全部並べてしばらく眺めて次頁からのような料理を作ることにした。

# 丈夫な血管を作る料理

## ◉焼きラタトイユ

ピーマン、茄子、ズッキーニ、トマト、玉葱などをオリーブオイルで炒め煮する南仏のラタトイユは作り置きできるし、冷やしても美味しい便利な惣菜で、日本の食卓でもお馴染みになって来たが、今日はさらに簡単な焼きラタトイユにする。

使いたい野菜がいっぱいあるときに一網打尽という感じで料理できるから、野菜中心主義にはピッタリだと思う。色鮮やかな野菜は血管を丈夫にする抗酸化成分の宝庫で、特に赤ピーマンに含まれるカロテノイドや茄子の紫のアントシアニンは眼の機能を高め、動脈硬化の予防にも有効だと言われている。

ビタミンを摂るには生野菜という思いこみがあるが、むしろ焼いたり煮たりしたほうが栄養素の消化吸収率が高まるし、嵩《かさ》が減るだけ沢山食べられるから食物繊維の摂取量が増え、大事な腸内細菌のために優しい環境作りができる。

赤ピーマン、茄子、ズッキーニ、アスパラガス、ブロッコリー、玉葱、トマト、ニンニクなどをバサバサ乱切りにしてバットに並べ、全体に塩を振ってから五分ほど置き、オリーブオイルと白ワインをかけ回し、二百度のオーブンで二十分ほど焼く。仕上げに白ワイン・ビネガーを振りかけて余熱で五分ほど置けば出来上がり。バットのまま食卓に出すほうが似合う野趣に溢れた料理である。

## ●玉葱パイ

子供のときは大嫌いだった玉葱の魅力にハマったのは、このピサラディエールという玉葱のパイをおそるおそる齧って、お菓子の甘ったるさとは全然違う熟女のようにエレガントな玉葱の甘さに目覚めてからである。

まず耐熱皿にパイ皮シートを敷いて土台を作っておく（あればタルト型のパイ皮）。その皿にバターをよく塗ること。これでずっと旨味が出る。玉葱は繊維にそって縦方向に極力薄く切り、バターで炒めに炒めながら、ビーフ・ブイヨン、塩と胡椒、エルブ・ド・プロバンスのようなミックス香辛料などを加えていく。

玉葱が飴色にペタペタになったらパイ皮に詰め、アンチョビーと黒オリーブを載せる。二百度のオーブンで七、八分焼き、焼き目がついてきたら出来上がり。フランスの田舎の古い味だが、我が家のパーティーでワインの肴として人気が衰えることのない定番の一つになっている。

こんなに使っていいのかと怯むほどいっぱい玉葱が要るパイだが、玉葱に含まれるアリシンはビタミン$B_1$の吸収も高めると知り、喜び勇んでじゃんじゃん使うようになった。

## ●アサリと茄子のしぎ焼き和え

茄子は私が最も好きな野菜の一つである。トルコあたりでは貧乏人のキャビアと言われる人気野菜で魅力的な料理がいっぱいあるが、茄子はおそろしく油を吸うので日本のしぎ焼きが一番身体にはいいだろう。

炭火でもあれば最高だが、私はガスコンロの炎の上に直接置いて炭状に焦げるまで焼いてから流水の中で焦げた皮を剝いて適当に裂く。そのまま生姜醬油をかけるだけでも充分美味しいし、とろろと刻み海苔をかけて山葵醬油というのもいいが、今日はアサリと和えてみた。

昔から庶民の味方として活躍したアサリは、沢山のビタミン$B_{12}$、カルシウム、鉄分、タウリン、亜鉛などを含む世にも頼もしい援軍なのだ。アサリは日本酒を振りかけて蒸し煮にし、火が通ったら殻から外して茄子と合わせる。少し塩をするなり煮詰めるなりして味を調えたアサリの煮汁をからめる。

## ●生姜たっぷり茹で豚の一夜漬け

次は我が家で長年「豚のお刺身」と呼ばれて来た料理だが、「えっ豚を生で食べるの」と引く人もいるので、この際「茹で豚の一夜漬け」と改名することにした。

焼き豚用に紐でくくってある円筒形の豚肉（サッパリ派は少し高いがヒレ肉を一本買い紐をかけて貰ってもいい）を買い、生姜の大きな塊の皮を厚く剝き、鍋にその皮と豚を入れて、ときどきアクを掬いながら三、四十分くらい、串を刺して血が滲み出なくなるまで煮る。

煮ている間に、すでに皮を剝いてある生姜を下ろし酒と醤油を半カップずつ加えた漬け汁を用意しておく。豚料理の最高の相棒である生姜に含まれるショウガオールは、脂との相性がよく、血行促進作用があり、生活習慣病の予防にも優れた成分だから、ここでも生姜を大根おろしのようにいっぱい使うのだ。

煮えた豚はアツアツのまま、漬け汁に入れ一夜置く。ボールだと肉が完全に沈むほど漬け汁がないと思うので、ジップロックに入れてときどき動かすとむらなく浸かる。翌日、汁がよく沁みた豚肉を生姜まみれのまま薄切りにして、細く刻んだキャベツの山の上に盛り、漬け汁を軽くかけ、香菜と辛子を添える。トンカツ同様に生キャベツをもりもりいくらでも食べてしまうし、巷では血液をさらさらにすると評判の香菜との相性も抜群だ。この漬け豚は、主役というより、生野菜を美味しく食べる絶妙なトッピングだといえるかもしれない。

なお豚の煮汁は捨てずに濾《こ》しておき、食物繊維いっぱいの薩摩汁にしたらいい。大根、人参、ごぼう、里芋、こんにゃく、葱などをイチョウやサイコロに切って煮てから、鰹だしも少し加え、味噌を溶きいれる。

## ●タコと黒豆の炊き込みご飯

サッカー大予言で一躍名を上げたタコは知能が高く、栄養的にもなかなかのもので、血圧抑制、心臓や肝臓の機能強化、そして血糖値やコレステロール低下にも有効だと言われるタウリンが沢山含まれている。タコといえばコレステロールが高いことで知られるのに、そのコレステロールを下げる成分お持ち込みなんてマッチポンプ的所業が心ニクイ。またビタミンEや亜鉛も多いので、老化防止や更年期障害の予防や改善にも役に立つ。

健康には豆がいいとうるさいほど言われるから、毎日必ず何かしら豆を使うことにしているが、何故かタコには黒豆が似合うとひらめいて食糧庫を探してみたら、ちょうど黒豆の水煮があった。タコも黒豆も高タンパク低カロリーでダイエットには格好のカップルだ。

タコは生のまま足先を切り取り、残りはぶつ切りにしておく。米3カップに塩小さじ半分、足先のみを入れて普通にご飯を炊く。中頃で強引に釜の蓋をあけて残りのタコを素早く投入し、すぐ蓋を閉めて何食わぬ顔で炊き続ける。炊き上がったら汁をきった黒豆を入れて一緒に蒸し、ゆるくかき混ぜてタコと黒豆の炊きこみご飯の出来上がり。

## ●トマトの味噌汁

トマトの味噌汁は珍しいかもしれないが、これこそ鬼に金棒の組み合わせなのだ。トマトにはビタミンだけでなく、カルシウム、カリウムなどが多く含まれるし、赤い色素はリコピンと呼ばれる抗酸化物質でビタミンEをはるかに凌ぐ働きがある優れものだから、西洋では「トマトが赤くなると医者が青くなる」と言われている。さらにグルタミン酸などの旨味成分も多く天然の調味料になる。グルタミン酸は神経細胞の伝達物質でもあり脳機能にも大切なのだ。

これほどの大物であるトマト様を迎えるのだから、だしは強めにとろう。トマトは輪切りにしないで、縦に四回包丁を入れる。野菜の中でとりわけ多いトマトのグルタミン酸と、鰹節のイノシン酸という両方の旨味成分をがっちり味わえるし、さらに味噌にはいろいろなアミノ酸が含まれるという旨味の三位一体は、日本料理にしかないデリカシーである。

# 骨が飢えている

そうか、こういうことなのかと思い知ったのは、最近何でもないことで転び、あっさり骨折したときである。若い頃の乗馬で腕を折ったときのゴキーンという轟きはわが骨ながら豪快で、名誉の負傷という感じさえあったが、今度の間抜けとしかいいようのない転び方といい、グシュンと忍び泣くように恨みがましく陰湿な折れようといい、嗚呼われ老いたりと、つくづく情けなかった。

年をとると転びやすくなるとか、骨がもろくなるとかいうのは耳タコの常識なのに、実際に経験しないと本当の危機感は生じない。思えば亡き母が急速に弱り始めたのも転倒がきっかけだったが、あれはちょうど今の私ぐらいの年頃だった。

これはうかうかしていられないぞと、私は改めて骨を意識した暮らしを心懸けるようになったのである。

何千年も昔の骸骨がそのまま発掘されたりするのだから、骨というのは頑丈不変なものかと思いきや、生きている限りは骨も新陳代謝し、常に形成と崩壊を繰り返しているらしい。骨の成分の七十％はカルシウムとリン酸などのミネラルで二十％がコラーゲンだが、加齢とともにカルシウムの吸収がスローダウンして、骨の形成に後れをとりはじめ、骨密度が低下していく。

特に女性は閉経で女性ホルモンのエストロゲン分泌が急速に減少するにつれて、骨崩壊のスピードがどんどん高まるので、いよいよ骨形成の資材補給が間に合わず、スカスカで壊れ物注意の骨になりやすい。熟年期にはだいたい男より元気に見える女たちだが、こと骨に関しては形勢不利で、骨粗しょう症は女のほうがずっと多いのだ。

それでまずしっかりカルシウムを補給するためには、牛乳、チーズなどの乳製品、ひじき、大豆製品、小魚、シラス干し、切干大根、などが頼もしい。

またカルシウムの吸収を援《たす》けるビタミンDは干し椎茸、青魚、鰻などに、さらに骨にカルシウムが沈着するのを援けるビタミンKは、納豆などの大豆、小松菜などに多く含まれるそうだから、簡単に手に入るありふれた素材ばかりではないか。骨は贅沢を言わず、質素な惣菜をマメに作ってさえいれば、頑張る気を起こしてくれるようである。

食養だけでなく運動も重要だが、これも面倒なジム通いや難しい練習など不必要で、よく歩いたり階段を上り下りしたり日常的な身動きをマメにすればいい。骨は人間と同じで負荷を与えればそれに耐えるべく力をつけていくことが多いから、早足で歩いたり、多少の重さは厭わず荷物を持ち歩けばさらにいい。外を歩けばお日様がビタミンDも供給してくれるし、バランス感覚を維持することで転倒防止にもなるから、ウォーキングは一挙三、四得の運動なのだ。継続こそが力であり、たまに思い出したように運動してもはじまらないが、散歩なら無理なく続けられるだろう。

だから料理も散歩同様に簡単で安くて飽きないものを選ぶことにした。

# 骨の基礎固めの料理

## ●ブロッコリーの蒸し焼き

世界のホリスティック医療の第一人者であるアンドルー・ワイル博士は私が最も敬愛するお医者様で、『癒す心、治る力』（角川文庫）をはじめ彼の著書のほとんどは健康な生き方の実践的バイブルである。ご本人とも幾度かご一緒する機会があったが、学者としてだけでなく生活者としても素晴らしく、美味しくて身体にいい料理を惜しみなく伝授して下さった。

ブロッコリーはワイル博士おすすめの野菜の一つで、骨や皮膚の結合組織を作っているコラーゲンの合成に必要なビタミンCがレモンをしのぎ、鉄分は人参の五倍、そしてカルシウムの沈着を援けるビタミンKも緑黄色野菜の中でトップクラスという優れものである。しかし生では青臭いし、煮過ぎるとだらしない味になるので、嫌いな人も少なくない。

ワイル博士方式は、ブロッコリー一個を小房に分け、太い茎の部分は皮を厚く剝いて白い部分だけ小房程度のサイズに切っておく。ニンニクを二片ほど微《み》塵《じん》に刻む。鍋に大さじ一杯のオリーブ油を熱してニンニクを炒め、香りが立ったらブロッコリーを加えてさっと混ぜ、塩と胡椒を振り、カップ二分の一の水を振りかけてフタをし、三分間蒸し焼きにする。それ以下でもそれ以上でもいけない。これなら緑鮮やかで歯応え絶妙なブロッコリーになる。

## ●小鯵のから揚げ

子供時代の私は神奈川県葉山の海辺で暮らし、毎日のように地元の漁師から分けて貰う雑魚を煮たり焼いたりして食べていた。「猫またぎ」もいいところで骨しか残さず見事に食べ尽くした上、最後に湯を注ぎ「骨湯」を啜《すす》る。煮汁を残せば煮こごりになるのだから、あれはコラーゲンの宝庫だったのだろう。煮るには小さ過ぎる魚はから揚げにして丸ごとバリバリかじるのだ。

せっかくあんなに骨造りの栄養が溢れかえる環境で育ったのに、その蓄えも尽きたようだなあと悔しく思っていたところ、あの懐かしい味が今も葉山では健在だとわかって、感動的再会を果たした。

鐙摺《あぶずり》海岸に面した創業三百年の料亭「日影茶屋」では昔ながらの風情の煮魚をしみじみと味わい尽くした。その別館で西洋料理の「ラ・マーレ」では、小鯵のから揚げがピンピン生きているような姿態で犇《ひし》めく皿を独り占めにして片っ端からガツガツ平らげた。以来すっかり病み付きになり、同じ親指サイズの小鯵がスーパーに現れる時期はうちでも揚げ物を解禁することにした。

まあ水気を取る程度に軽く片栗粉をつけるのが唯一の下準備である。そしてまず薄く色づくまで揚げてから引き揚げ、油を切って一休み。そして食べる寸前にもう一度揚げ、笊《ざる》の上で塩・胡椒を振りかけトントン均《なら》してから皿に盛り、たっぷりレモンを添える。「ラ・マーレの鰺はさっきまで近くの海で泳いでいたような連中だから塩だけでいいけど、街のスーパーで買うものは、少し元気がないと思ったら、塩をふるときにカレー粉もちょっぴり入れるとキリッとするよ」というのが角田社長のアドバイスだった。

## ◎パリの街角で見つけたチーズ・スナック

パリは世界で一番散歩が楽しい街である。とりわけ私は移動祝祭日のような朝市を見て歩くのが好きだ。さまざまなマルシェ（市場）の中でも最近の一番人気は週末にラスパイユ通りで開かれるビオ・マルシェで、野菜をはじめ肉も魚も乳製品もスパイスも、生産者が穫りたて作りたてを持ちよった素朴で真っ正直なオーガニック・フードだけ。自然のエネルギーが溢れかえっている。

しかもどこからかキューンと胃が呻《うめ》くほど刺激的な匂いが漂ってくる。抗《あらが》い難く引き寄せられて行った先には小さな屋台で何かを焼きながら売っている。よくみると溶岩のようにチーズが滾《たぎ》るブルターニュ風のガレットではないか。

わぉ、熱烈！　これを食べなきゃ女がスタると息せききって注文したら、脇のバケツでぐしゃぐしゃに混ぜてある細切りのジャガイモと玉葱を、お玉で一《ひと》掬《すく》いして熱い鉄板に載せ、すり下ろしチーズをたっぷりかけた上からぎゅうぎゅう押しつけながら焼いていくのだ。黒焦げ寸前までこんがり焼くので、チーズの香ばしさが半端ではなく、もう欲望全開の私は身をよじって完成を待ちわびた。無造作に紙にくるんで渡された熱々のガレットを、ふうふう吹いて齧りながら歩いた至福のひとときは忘れられない。

小麦粉なんか一切使わないと威張っていたが、帰国してから実験したところ、繋ぎ無しではバラけやすいので、私はちょっぴり小麦粉を加えることにした。

フランス人みたいに生チーズの塊をもりもり食べたりしてはカロリーがおそろしいから、ジャガイモや玉葱でボリュームアップしてチーズの味と香りを充分堪能できるこのガレットは、私の一の贔屓《ひいき》のスナックになりそうだ。

本書は、第1章から第5章は『ほんとうに70代は面白い』（二〇一四年一二月／海竜社刊）、第6章は『聡明な女は愉しく老いる』（二〇二〇年二月／海竜社刊）より抜粋し、文庫化にあたり再構成・再編集いたしました。
尚、本文中の情報は単行本刊行当時のもので現在は変更されている場合があります。

本文デザイン：福田和雄（FUKUDA DESIGN）
校正：あかえんぴつ
企画・編集：矢島祥子（矢島ブックオフィス）

**桐島洋子**（きりしま・ようこ）

1937年東京生まれ。文藝春秋に9年間勤務の後、フリーのジャーナリストとして海外各地を放浪。70年に処女作『渚と澪と舵』で作家デビュー。72年『淋しいアメリカ人』で第3回大宅壮一ノンフィクション賞受賞。以来メディアの第一線で活躍しながら3人の子どもを育てる。娘のかれん（モデル）、ノエル（エッセイスト）、息子のローランド（カメラマン）はそれぞれのジャンルで活躍中である。子育てを卒業した50代から林住期（人生の収穫の秋）を宣言してカナダのバンクーバーに家を持ち、1年の3分の1はバンクーバーでの暮らしを楽しんだ。

『聡明な女は料理がうまい』（アノニマ・スタジオ）、『あなたの思うように生きればいいのよ』（KADOKAWA）、『50歳からのこだわらない生き方』『いくつになっても、旅する人は美しい』（共にだいわ文庫）など著書多数。

だいわ文庫


# ほんとうに70代《だい》は面白《おもしろ》い

著者　桐島洋子《きりしまようこ》

©2022 Yoko Kirishima Printed in Japan

二〇二二年二月一五日第一刷発行

発行者　佐藤 靖

発行所　大和《だいわ》書房

東京都文京区関口一―三三―四 〒一一二―〇〇一四

電話 〇三―三二〇三―四五一一

フォーマットデザイン　鈴木成一デザイン室

本文印刷　信毎書籍印刷

カバー印刷　山一印刷

製本　小泉製本

ISBN978-4-479-32002-9

乱丁本・落丁本はお取り替えいたします。

http://www.daiwashobo.co.jp